中國語言文字研究輯刊

十九編

許學仁 主編

第9冊

中古法術類道經複音詞研究（下）

吳冬 著

花木蘭文化事業有限公司

國家圖書館出版品預行編目資料

中古法術類道經複音詞研究（下）／吳冬 著 -- 初版 -- 新北市：花木蘭文化事業有限公司，2020〔民 109〕

目 4+162 面；21×29.7 公分

（中國語言文字研究輯刊　十九編；第 9 冊）

ISBN 978-986-518-159-8（精裝）

1. 道藏 2. 詞彙 3. 研究考訂

802.08　　109010422

中國語言文字研究輯刊

十九編　第九冊　ISBN：978-986-518-159-8

中古法術類道經複音詞研究（下）

作　者　吳冬
主　編　許學仁
總編輯　杜潔祥
副總編輯　楊嘉樂
編　輯　許郁翎、張雅淋　美術編輯　陳逸婷
出　版　花木蘭文化事業有限公司
發行人　高小娟
聯絡地址　235 新北市中和區中安街七二號十三樓
電話：02-2923-1455／傳真：02-2923-1452
網　址　http://www.huamulan.tw 信箱 hml 810518@gmail.com
印　刷　普羅文化出版廣告事業
初　版　2020 年 9 月
全書字數　230736 字
定　價　十九編 14 冊（精裝）台幣 42,000 元　

中古法術類道經複音詞研究（下）

吳冬 著

目次

上冊

下　冊

第四章　中古法術類道經複音詞中的新詞新義

在中古法術類道經中，存在著許多新詞新義。董志翹曾指出：「每個時代產生的新詞、新義的特色，每種類型的文獻中記錄保留新詞、新義的多寡，都會有所不同。」〔註1〕作為道經文獻的組成部分，中古法術類道經正是如董志翹所說的口語性強的典籍語料，為宣揚教義的方便，法術類諸道經採用齋醮體寫成，口語性強，同時，法術類道經具有民俗性，貼近口語，通俗易懂，親民平易，其中的新詞新義具有非常強的時代特徵和很高的詞彙學價值，能反映當時詞彙使用面貌和特點。

第一節　中古法術類道經複音詞中的新詞

本文採用以《漢語大詞典》這部當代權威的工具書作為參照標準，以其中的用詞首例作為衡量對象，《漢語大詞典》中的複音詞或詞的某項詞義的首例源於中古法術類道經或是與中古法術類道經同期甚至晚於中古法術類道經的，我們將其視為新詞新義。

〔註1〕董志翹，《入唐求法巡禮行記》詞彙研究〔M〕，北京：中國社會科學出版社，2000：90～91。

現以《漢語大詞典》為例進行討論。《漢語大詞典》〔註2〕是目前規模最大、水平最高的一部大型詞典，《漢語大詞典》作為大型工具書，雖然其儘量將詞語收錄齊全完整，但是由於種種原因，仍有未收錄的詞語。可以說，中古法術類道經複音詞可以在一定程度上補充《漢語大詞典》中的詞條缺失。據筆者統計，《漢語大詞典》未收錄的詞條有 3985 個〔註3〕。

中古法術類道經所見複音詞，可對《漢語大詞典》提早書證的有 193 個。由於篇幅所限，本文只就這 193 個新詞來進行分析。

一、「首例」〔註4〕出自中古法術類道經的複音詞

中古法術類道經中所見複音詞的義項，在《漢語大詞典》中沒有出現，引例也缺失，且該詞的所有義項均早於《漢語大詞典》首例所處時期，在此，我們將首例出自中古法術類道經中的那項詞義視為新詞。

需要強調的是，本文主要是以該詞在《漢語大詞典》中出現的義項、以及該義項釋義第一個引例作為標準來對比，下列詞語在《漢語大詞典》中沒有此義項，其他義項出現時間又晚於中古法術類道經複音詞，所以以中古法術類道經中的複音詞為首例，本文也將它們視為書中的新詞。

【破邪】

> 並收某家宅中五殘六賊，十二祆惑，男女非□，先代咎殃，及咒殺屍，破邪故炁，留殃妖魅〔註5〕。(《太上正一咒鬼經》)

按：這裡是破敗邪惡的意思。此詞為並列式名詞。《漢語大詞典》收錄的義項為：破除邪惡，此詞為動賓式動詞。唐李商隱《上河東公啟》之二：「爰記亨涂，風聞妙喻，雖縱幕府，常在道場。猶恨出俗情微，破邪功少。」《漢語大詞典》此詞缺失此義項，且已收錄義項出自唐朝《上河東公啟》，該義項出現時期比東晉時期的《太上正一咒鬼經》晚，所以該詞可視為中古法術類道經中的新詞。

〔註2〕羅竹鳳，漢語大詞典〔M〕，上海：漢語大詞典出版社，1997。

〔註3〕由於篇幅所限，僅陳述數字。

〔註4〕這裡的首例是指比較《漢語大詞典》該詞的義項以及該義項釋義第一個引例而言的首例。

〔註5〕《正統道藏》正一部（4部）《太上正一咒鬼經》：1。

【煞鬼】

依咒斬殺野道之氣，誅邪滅偽，太上之制，煞鬼生民，大道正法，割給吏兵〔註6〕。(《太上正一咒鬼經》)

按：這裡是破煞制鬼的意思。為動賓式動詞。《漢語大詞典》收錄的義項為：惡鬼。為偏正式名詞。《敦煌變文集・妙法蓮華經講經文》：「煞鬼忽然來到後，阿誰能替我無常？」《漢語大詞典》此詞缺失此義項，且已收錄義項出自唐朝《敦煌變文集・妙法蓮華經講經文》，晚於東晉時期的《太上正一咒鬼經》。

【造景】

玄景上靈，駿宴八炁，造景九玄，翱翔無外，回真下降，解我宿滯，蔭以飛雲，覆以紫蓋，得乘八景，上升霄際。畢，仰咽八炁止〔註7〕。(《上清金真玉光八景飛經》)

按：「造景」這裡是指到、去觀看。《漢語大詞典》收錄的義項為：描寫景色。清陳田《明詩紀事戊簽・皇甫濂》：「水部詩意玄詞雅，律細調清，長於造景，務在幽絕。」《漢語大詞典》此詞缺失此義項，且已收錄義項出自清朝《明詩紀事戊簽・皇甫濂》，晚於東晉時期的《上清金真玉光八景飛經》。

【成天】

成天立地，開張萬真，安神鎮靈，生成兆民，匡御運度，保天長生〔註8〕。(《元始五老赤書玉篇真文天書經》)

按：這裡是指建成天空，動賓式動詞。《漢語大詞典》收錄的義項為：整天；一天到晚。副詞。《紅樓夢》第六九回：「他專會作死，好好的，成天喪聲嚎氣。」《漢語大詞典》此詞缺失此義項，且已收錄最早義項出自清朝《紅樓夢》，遠遠晚於東晉時期的《元始五老赤書玉篇真文天書經》。

【露形】

二十一者地藏發洩，金玉露形，散滿道路，無有幽隱〔註9〕。

〔註6〕《正統道藏》正一部（4部）《太上正一咒鬼經》：1。

〔註7〕《正統道藏》正一部（4部）《上清金真玉光八景飛經》：3。

〔註8〕《正統道藏》洞真部（1部）《元始五老赤書玉篇真文天書經》：1。

〔註9〕《正統道藏》洞真部（1部）《元始五老赤書玉篇真文天書經》：1。

（《元始五老赤書玉篇真文天書經》）

按：這裡的露形是露出行跡、形狀的意思。《漢語大詞典》收錄的義項為：猶言裸露身體。唐玄奘《大唐西域記·印度總述》：「〔外道〕或無服露形，或草板掩體。」《漢語大詞典》此詞缺失此義項，且已收錄最早義項出自唐朝《大唐西域記》，晚於東晉時期的《元始五老赤書玉篇真文天書經》。

【升化】

使生者家門吉貞，亡者升化天堂，遊神自在〔註10〕。（《無上三元鎮宅靈籙》）

按：這裡的「升化」是上升變化的意思。《漢語大詞典》收錄的義項為：「揮發。茅盾《追求》三：『這樣的常常使用著，一小瓶的哥羅芳也幾乎升化完了；現在總該還留得一點足夠一個人自殺罷？』」〔註11〕《漢語大詞典》此詞缺失此義項，且已收錄最早義項出自現代，遠遠晚於南朝梁時期的《無上三元鎮宅靈籙》。

【入寂】

是時七真存真，具相十觀，金元飛景入寂，玄朝天尊於無無無上上上大寂上妙，稽首作禮〔註12〕。（《無上三元鎮宅靈籙》）

按：「入寂」，這裡是指進入玄境、仙境。佛教謂寂滅常靜之道。《漢語大詞典》收錄的義項為：猶圓寂。舊稱佛教僧尼之死。宋蘇軾《請淨慈法湧禪師入都疏》：「京師禪學之盛，發於本秀二公。本既還山，秀復入寂。」《漢語大詞典》此詞缺失此義項，且已收錄最早義項出自宋朝《請淨慈法湧禪師入都疏》，遠遠晚於南朝梁時期的《無上三元鎮宅靈籙》。

【散光】

珠員會暉，韜綠擬日，回霞煥明，赤童秉靈，玄炎散光，飆像鬱清。此日之勢也，神之成也〔註13〕。（《洞真太上太素玉籙》）

〔註10〕《正統道藏》洞神部（1部）《無上三元鎮宅靈籙》：3。

〔註11〕羅竹鳳，漢語大詞典〔M〕，上海：漢語大詞典出版社，1997：270。

〔註12〕《正統道藏》洞神部（1部）《無上三元鎮宅靈籙》：3。

〔註13〕《正統道藏》正一部（4部）《洞真太上太素玉籙》：2。

按：這裡的「散光」，為發散、散佈光芒的意思。《漢語大詞典》收錄的義項為：「視力缺陷的一種。有散光眼的人看東西模糊不清，由角膜或晶狀體表面的彎曲不規則，使進入眼球中的影像分散成許多部分引起。」〔註 14〕用特製鏡片製成的眼鏡可以矯正散光。《漢語大詞典》此詞缺失此義項，且已收錄最早義項出自現代，遠遠晚於南北朝時期的《洞真太上太素玉籙》。

【重法】

其有清身重法、懇切尊事之者，必能形見〔註 15〕。（《洞神八帝元變經》）

按：這裡的「重法」是尊重、重視道法的意思。動賓式動詞。看重；重視。《墨子・親士》：「臣下重其爵位而不言，近臣則喑，遠臣則唫，怨結於民心，諂諛在側，善議障塞，則國危矣。」《史記・酷吏列傳》：「太后聞之，賜都金百斤，由此重郅都。」三國魏曹丕《典論・論文》：「則古人賤尺璧而重寸陰，懼乎時之過已。」《漢語大詞典》收錄的義項為：「重法」，嚴酷的刑法。名詞。《管子・七臣七主》：「數出重法，而不克其罪，則奸不為止。」漢賈誼《新書・階級》：「夫望夷之事，二世見當以重法者，投鼠而不忌器之習也。」《漢語大詞典》，此詞缺失此義項，可據《洞神八帝元變經》增補，為中古法術類道經中的新詞。

中古法術類道經出現了該詞的新的義項的首例，且此義項的首例比其他已收錄義項首例所處時期都早，也就是說，該詞語最早是以單義詞的身份出現於中古法術類道經中，所以我們也將其視為出現於中古法術類道經中的新詞。

【念道】

當修身念道，齋靜精專為先〔註 16〕。（《洞真太上太素玉籙》）

按：這裡為心念道法。為動賓式動詞。《漢語大詞典》收錄義項為：亦作「念叨」、亦作「念到」。1. 由於記掛而一再說起。元王實甫《西廂記》第三本第一折：「俺小姐至今脂粉未曾施，念到有一千番張殿試。」2. 念：說。《兒

〔註 14〕羅竹鳳，漢語大詞典〔M〕，上海：漢語大詞典出版社，1997：2935。

〔註 15〕《正統道藏》正一部（4 部）《洞神八帝元變經》：1。

〔註 16〕《正統道藏》正一部（4 部）《洞真太上太素玉籙》：2。

女英雄傳》第三六回：「他還得耳輪中聒噪著探花，眼皮兒上供養著探花，嘴唇兒還念道著探花，心坎兒裏溫存著探花。」《漢語大詞典》此詞缺失此義項，且已收錄最早義項出自元朝，遠遠晚於南北朝時期的《洞真太上太素玉籙》。

【金章】

金章同出於九玄之先，目其上篇而四時名焉〔註 17〕。(《上清金真玉光八景飛經》)

按：這裡是指道經、金文。《漢語大詞典》收錄的義項為：1. 金質的官印。一說，銅印。因以指代官宦仕途。南朝宋鮑照《建除》詩：「開壤襲朱紱，左右佩金章。」唐杜甫《陪柏中丞觀宴將士》詩之一：「無私橐綺饌，久坐密金章。」2. 古代高級官員的官服。唐蘇鶚《杜陽雜編》卷上：「〔魚朝恩〕翌日於上前奏曰：『臣幼男令徽位處眾僚之下，願陛下特賜金章以超其等。』上未及語，而朝恩已令所司捧紫衣而至，令徽即謝於殿前。上雖知不可，強謂朝恩曰：『卿兒著章服大宜稱也。』」《漢語大詞典》此詞缺失此義項，且已收錄義項出自南朝宋《建除》，晚於東晉時期的《上清金真玉光八景飛經》。

【立地】

《元始五老赤書玉篇》，出於空洞自然之中，生天立地，開化神明〔註 18〕。(《元始五老赤書玉篇真文天書經》)

按：這裡是創立大地。動賓式動詞。《漢語大詞典》收錄的義項為：1. 立刻；即時。唐呂岩《五言》詩之十：「耄年服一粒，立地變沖童。」2. 站立著。宋無名氏《步蟾宮》詞：「夜深著緉小鞋兒，斜靠著屏風立地。」《漢語大詞典》此詞缺失此義項，且已收錄最早義項出自唐朝《五言》，晚於東晉時期的《元始五老赤書玉篇真文天書經》。

【生天】

《元始五老赤書玉篇》，出於空洞自然之中，生天立地，開化神明〔註 19〕。(《元始五老赤書玉篇真文天書經》)

〔註 17〕《正統道藏》正一部（4 部）《上清金真玉光八景飛經》：2。

〔註 18〕《正統道藏》洞真部（1 部）《元始五老赤書玉篇真文天書經》：3。

〔註 19〕《正統道藏》洞真部（1 部）《元始五老赤書玉篇真文天書經》：3。

按：這裡是指生成天空。動賓式動詞。《漢語大詞典》收錄的義項為：1. 升上天空。南朝梁何遜《七召》：「俄而夕鶩東返，落日西懸，綺霞映水，蛾月生天。」2. 佛教謂行十善者死後轉生天道。《正法念處經‧觀天品》：「一切愚凡夫，貪著欲樂，為愛所縛，為求生天，而修梵行，欲受天樂。」《漢語大詞典》此詞缺失此義項，且已收錄最早義項出自南朝梁時期的《七召》，晚於東晉時期的《元始五老赤書玉篇真文天書經》。

【身量】

故能表裏為用，動靜相持，身無獨往，為心所使，心法不淨，唯欲攀緣，身量無涯，納行不息〔註20〕。(《洞神八帝元變經》)

按：這裡的「身量」是以身來計算、查點。偏正式動詞。《漢語大詞典》收錄的義項為：1. 人體的高度。《金瓶梅詞話》第六五回：「這孩子，倒也好身量，不相十五歲，倒有十六七歲的。」2. 指身材。《紅樓夢》第三回：「一雙丹鳳三角眼，兩彎柳葉掉梢眉，身量苗條，體格風騷。」《漢語大詞典》此詞缺失此義項，且已收錄最早義項出自明朝，遠遠晚於南北朝時期的《洞神八帝元變經》。

【好道】

夫俗人好道，晚學初淺，未識道源由，且未離人間〔註21〕。(《上清太一金闕玉璽金真記》)

按：這裡的「好道」是指愛好、喜好道學的意思。喜愛，愛好。《漢語大詞典》收錄的義項為：1. 好主意。元關漢卿《救風塵》第三折：「周舍，你好道兒！你這裡坐著，點得你媳婦來罵我這一場。」2. 猶好歹。無論如何。《西遊記》第三十回：「你們手段不濟，奈他不過。好道著一個回來，說個信息是，卻更不聞音。」3. 猶好歹。將就；勉強。《西遊記》第二十回：「十分你家窄狹，沒處睡時，我們在樹底下，好道也坐一夜，不打攪你。」4. 表示反詰，相當於莫非，難道。《西遊記》第四七回：「行者道：『他敢吃我？』老者道：『不吃你，好道嫌腥。』」《漢語大詞典》此詞缺失此義項，且已收錄最早義項出自元朝，晚於唐前時期的《上清太一金闕玉璽金真記》。

〔註20〕《正統道藏》正一部（4部）《洞神八帝元變經》：2。

〔註21〕《正統道藏》洞玄部（1部）《金闕玉璽金真紀》：2。

二、「首例」〔註22〕出自與中古法術類道經共時典籍中複音詞中的新詞

《漢語大詞典》所引首例是出自與中古法術類道經同期的典籍，本文也將其視為中古法術類道經新詞。

【太真】

> 太真元始天王啟之於空玄之上〔註23〕。(《上清金真玉光八景飛經》)

按：原始混沌之氣。《文選》傅毅《舞賦》(南朝梁)：「啟太真之否隔兮，超遺物而度俗。」李善注：「太真，太極真氣也。」《子華子・陽城胥渠問》：「太真剖割，通之而為一，離之而為兩，各有精專，是名陰陽。」《漢語大詞典》引《文選》傅毅《舞賦》(南朝梁)為最早書證，為與中古法術類道經同期，所以為中古法術類道經中所使用的新詞。

【玉文】

> 侍衛玉文，玉妃典香〔註24〕。(《上清金真玉光八景飛經》)

按：玉版上的文字或用作文字的美稱。《藝文類聚》(唐)卷七六引南朝梁元帝《荊州長沙寺阿育王像碑》：「蓋聞琁璣玉衡，穹昊所以紀物；金版玉文，淳精所以播氣。」《漢語大詞典》引《藝文類聚》所引的內容為南朝梁元帝為最早書證，為與中古法術類道經同期，所以為中古法術類道經中所使用的新詞。

【玉帝】

> 玉帝遊宴之時也，洞景行道受仙之日也〔註25〕。(《上清金真玉光八景飛經》)

按：南朝梁陶弘景《真靈位業圖》：「玉帝居玉清三元宮第一中位。」唐王維《金屑泉》詩：「翠鳳翊文螭，羽節朝玉帝。」《漢語大詞典》引南朝梁陶弘景《真靈位業圖》為最早書證，時代為與中古法術類道經同期，所以為中古法術類道經中所使用的新詞。

〔註22〕這裡的首例是指《漢語大詞典》中詞的義項釋義中第一個引用的例子。

〔註23〕《正統道藏》正一部（4部）《上清金真玉光八景飛經》：2。

〔註24〕《正統道藏》正一部（4部）《上清金真玉光八景飛經》：2。

〔註25〕《正統道藏》正一部（4部）《上清金真玉光八景飛經》：2。

【太霞】

蕭蕭非，太霞之上〔註26〕。（《上清金真玉光八景飛經》）

按：高空的雲霞。南朝梁陶弘景《周氏冥通記》卷二：「太霞鬱紫蓋，景風飄羽輪。」唐吳筠《步虛詞》之一：「逍遙太霞上，真鑒靡不通。」《漢語大詞典》引南朝梁陶弘景《周氏冥通記》為最早書證，時代為與中古法術類道經同期，所以為中古法術類道經中所使用的新詞。

【上真】

上真元始天王啟之於空玄之上〔註27〕。（《上清金真玉光八景飛經》）

按：「上真」，真仙、上仙。南朝梁陶弘景《冥通記》卷二：「子良答曰：『枉蒙上真賜降，腐穢欣懼交心，無以自厝。』」唐李商隱《同學彭道士參寥》詩：「莫羨仙家有上真，仙家暫謫亦千春。」《漢語大詞典》引南朝梁陶弘景《冥通記》為最早書證，時代為與中古法術類道經同期，所以為中古法術類道經中所使用的新詞。

【神真】

朝夕禮拜，心存神真玉光紫炁〔註28〕。（《上清金真玉光八景飛經》）

按：「神真」，猶神靈。南朝梁陶弘景《冥通記》卷三：「昔有楊許者，楊恒有神真往來，而許永不得見。」《漢語大詞典》引南朝梁陶弘景《冥通記》為最早書證，時代為與中古法術類道經同期，所以為中古法術類道經中所使用的新詞。

【十方】

上皇玉帝告命諸天十方眾聖、五嶽靈仙〔註29〕。（《上清金真玉光八景飛經》）

〔註26〕《正統道藏》正一部（4部）《上清金真玉光八景飛經》：2。
〔註27〕《正統道藏》正一部（4部）《上清金真玉光八景飛經》：2。
〔註28〕《正統道藏》正一部（4部）《上清金真玉光八景飛經》：2。
〔註29〕《正統道藏》正一部（4部）《上清金真玉光八景飛經》：2。

按：佛教謂東南西北及四維上下。《宋書·夷蠻傳·呵羅單國》：「身光明照，如水中月，如日初出，眉間白豪，普照十方。」南朝陳·徐陵《為貞陽侯重與王太尉書》：「菩薩之化行於十方，仁壽之功霑於萬國。」唐·韓偓《僧影》詩：「智燈已滅餘空燼，猶自光明照十方。」《漢語大詞典》引南朝陳·徐陵《為貞陽侯重與王太尉書》：為最早書證，時代為與中古法術類道經同期，所以為中古法術類道經中所使用的新詞。

【交並】

五炁交並，五帝顯駕〔註30〕。(《上清金真玉光八景飛經》)

按：交集。南朝梁簡文帝《答新渝侯和詩書》：「手持口誦，喜荷交並也。」宋蘇軾《謝對衣金帶馬銙》：「拜恩俯僂，流汗交並。」《漢語大詞典》引南朝梁簡文帝《答新渝侯和詩書》為最早書證，時代為與中古法術類道經同期，所以為中古法術類道經中所使用的新詞。

【成仙】

剋日成仙，不必萬遍，正在精研〔註31〕。(《上清金真玉光八景飛經》)

按：成為神仙。南朝陳伏知道《為王寬與婦義安主書》：「人慙蕭史，相偶成仙。」唐王績《遊仙》詩之一：「蔡經新學道，王烈舊成仙。」《漢語大詞典》引南朝陳伏知道《為王寬與婦義安主書》為最早書證，時代為與中古法術類道經同期，所以為中古法術類道經中所使用的新詞。

【太霄】

不驕樂天王太霄琅書瓊文第五〔註32〕。(《洞真太上太霄琅書》)

按：天空極高處。南朝梁·陶弘景《周氏冥通記》卷四：「太霄何冥冥，靈真時下游。」唐楊炯《老人星賦》：「瞻太霄而踊躍，伏前庭而俯僂。」《漢語大詞典》引南朝梁陶弘景《周氏冥通記》為最早書證，時代為與中古法術類道經同期，所以為中古法術類道經中所使用的新詞。

〔註30〕《正統道藏》正一部（4部）《上清金真玉光八景飛經》：2。

〔註31〕《正統道藏》正一部（4部）《上清金真玉光八景飛經》：2。

〔註32〕《正統道藏》上清經部（1部）《洞真太上太霄琅書》：3。

【二象】

萬劫不俄頃，倏欻二象交〔註33〕。(《洞真太上太霄琅書》)

按：指乾坤，天地。南朝梁．陶弘景《周氏冥通記》卷二：「神仙易致而人德難全，是故二象難分，其間猶混。」唐楊炯《遂州長江縣先聖孔子廟堂碑》：「配乎二象，不能仙必至之期；參乎兩曜，不能稽有常之動。」《漢語大詞典》引南朝梁陶弘景《周氏冥通記》為最早書證，時代為與中古法術類道經同期，所以為中古法術類道經中所使用的新詞。

【天曹】

伏惟太上勑下天曹，應咒斬殺之〔註34〕。(《太上正一咒鬼經》)

按：《漢語大詞典》中：1. 道家所稱天上的官署。《南齊書．高逸傳．顧歡》：「今道家稱長生不死，名輔天曹，大乖老莊立言本理。」唐薛用弱《集異記．衛庭訓》：「歲暮，神謂庭訓曰：『吾將至天曹，為兄問祿壽。』」2. 指仙官。《漢語大詞典》引《南齊書．高逸傳．顧歡》為最早書證，時代同期，所以該詞可視為中古法術類道經時期的新詞。

【任情】

任情恣意，無所窮之〔註35〕。《太上正一咒鬼經》)

按：1. 任意；恣意。北魏賈思勰《齊民要術．種穀》：「順天時，量地利，則用力少而成功多。任情反道，勞而無獲。」唐吳兢《貞觀政要．論求諫》：「自古帝王多任情喜怒，喜則濫賞無功，怒則濫殺無罪，是以天下喪亂，莫不由此。」宋周密《齊東野語．誅韓本末》：「任情妄動，自取誅僇。」2. 指盡情。唐劉長卿《奉陪蕭使君入鮑達洞尋靈山寺》詩：「任情趣逾遠，移步奇屢易。」《漢語大詞典》引北魏賈思勰《齊民要術．種穀》為最早書證，時代同期，所以該詞可視為中古法術類道經時期的新詞。

【元始】

九天丈人受太空靈都金真玉光於元始天王〔註36〕。(《上清金真

〔註33〕《正統道藏》上清經部（1部）《洞真太上太宵琅書》：3。

〔註34〕《正統道藏》正一部（4部）《太上正一咒鬼經》：2。

〔註35〕《正統道藏》正一部（4部）《太上正一咒鬼經》：2。

〔註36〕《正統道藏》正一部（4部）《上清金真玉光八景飛經》：3。

玉光八景飛經》)

按：1. 始。南朝梁蕭統《〈文選〉序》：「式觀元始，眇觀玄風。」《隋書·律曆志中》：「四象既陳，八卦成列，此乃造文之元始，創歷之厥初者歟？」2. 猶言始祖。《弘明集·正誣論》：「佛故文子之祖宗，眾聖之元始也。」《漢語大詞典》引南朝梁蕭統《〈文選〉序》為最早書證，時代較晚。且兩個義項皆為南朝梁時代同期，所以該詞可視為中古法術類道經時期的新詞。

【玉晨】

命金華之女、玉晨之童各三千人〔註 37〕。(《上清金真玉光八景飛經》)

按：1. 仙人之號。南朝梁陶弘景《真靈位業圖》：「第二中位，上清高聖太上玉晨玄皇大道君，為萬道之主。」唐鮑溶《贈楊煉師》詩：「明月在天將鳳管，夜深吹向玉晨君。」唐趙嘏《贈五老韓尊師》詩：「有客齊心事玉晨，對山鬚鬢綠無塵。」2. 道觀名。唐元稹《寄浙西李大夫》詩之三：「最憶西樓人靜夜，玉晨鐘磬兩三聲。」自注：「玉晨觀在紫宸殿後面也。」唐溫庭筠《郭處士擊甌歌》：「玉晨冷磬破昏夢，天露未乾香著衣。」《漢語大詞典》引南朝梁陶弘景《真靈位業圖》為最早書證，時代同期，所以該詞可視為中古法術類道經時期的新詞。

【八景】

八景齊真，玉光煥霄，豁落洞明〔註 38〕。(《上清金真玉光八景飛經》)

按：八景，1. 八處勝景。「宋沈括《夢溪筆談·書畫》：『度支員外郎宋迪工畫，尤善為平遠山水。其得意者有平沙雁落、遠浦帆歸、山市晴嵐、江天暮雪、洞庭秋月、瀟湘夜雨、煙寺晚鐘、漁村落照，謂之『八景』。』」〔註 39〕2. 道教語，謂八彩之景色。南朝梁陶弘景《真誥·運象》：「控飆扇太虛，八景飛高清。」唐劉禹錫《三鄉驛樓伏睹玄宗望女兒山詩小臣斐然有感》詩：「仙心從此在瑤池，三清八景相追隨。」《漢語大詞典》引南朝梁陶弘景《真誥·運象》為

〔註 37〕《正統道藏》正一部（4 部）《上清金真玉光八景飛經》：3。

〔註 38〕《正統道藏》正一部（4 部）《上清金真玉光八景飛經》：2。

〔註 39〕羅竹鳳，漢語大詞典〔M〕，上海：漢語大詞典出版社，1997：742。

最早書證，時代同期。所以該詞可視為中古法術類道經時期的新詞。

【玉清】

上游玉清，下治太玄〔註40〕。(《上清金真玉光八景飛經》)

按：取第一義項之義。1. 道家三清境之一，為元始天尊所居。亦以代稱元始天尊。南朝梁陶弘景《水仙賦》:「迎九玄於金闕，謁三素於玉清。」唐吳筠《遊仙》詩之四:「使我齊浩劫，蕭蕭宴玉清。」《雲笈七籤》卷三:「其三清境者，玉清、上清、太清是也。」2. 指仙道。3. 神仙名。4. 指天。5. 比喻高潔。南朝梁江淹《蓮華賦》:「藥金光而絕色，藉冰拆而玉清。」6. 宮殿名。前蜀花蕊夫人《宮詞》之五十七:「玉清迢遞無塵到，殿角東西五月寒。」《新五代史·南漢世家·劉晟》:「故時劉氏有南宮、大明……玉清、太微諸宮，凡百數，不可悉紀。」《漢語大詞典》引南朝梁陶弘景《水仙賦》為最早書證，時代同期。所以該詞可視為中古法術類道經時期的新詞。

【玉虛】

各返玉虛之館，豁若靈風之運焉〔註41〕。(《上清金真玉光八景飛經》)

按：此為仙宮義，1. 仙宮、道教稱玉帝的居處。北周庾信《步虛詞》之二:「寂絕乘丹氣，玄冥上玉虛。」唐吳筠《步虛詞》之六:「玉虛無晝夜，靈景何皎皎。」宋范成大《白玉樓步虛詞》之三:「罡風起，背負玉虛廷。」2. 喻潔淨超凡的境界。宋楊萬里《雪晴》詩:「何須師鮑謝，詩在玉虛中。」3. 岩洞名。在湖北省秭歸縣東十里。宋蘇軾《出峽》詩:「玉虛悔不至，實為舟人誑。」4. 龜的別名。宋無名氏《五色線》卷上「龜有八名」引《雜俎》曰:「八曰玉虛。」《漢語大詞典》引北周庾信《步虛詞》為最早書證，時代同期。所以該詞可視為中古法術類道經時期的新詞。

【三清】

洞睹三清，得乘飛景〔註42〕。(《上清金真玉光八景飛經》)

按：1. 道教所指玉清、上清、太清三清境。南朝梁沈約《桐柏山金庭館

〔註40〕《正統道藏》正一部（4部）《上清金真玉光八景飛經》: 2。

〔註41〕《正統道藏》正一部（4部）《上清金真玉光八景飛經》: 2。

〔註42〕《正統道藏》正一部（4部）《上清金真玉光八景飛經》: 2。

碑》:「此蓋棲靈五嶽，未駕夫三清者也。」唐呂岩《七言》詩之四八:「津能充渴氣充糧，家住三清玉帝鄉。」2. 道教對玉清境洞真教主元始天尊，上清境洞玄教主靈寶天尊，太清境洞神教主道德天尊的合稱。3. 唐殿名，在長安大明宮內。唐李白《金陵與諸賢送權十一序》:「我君六葉繼聖，熙乎玄風；三清垂拱，穆然紫極。」王琦注:「《玉海》: 唐大明宮內有三清殿。」唐人亦借指朝廷。《舊唐書・鄭畋傳》:「陛下過垂採聽，超授恩榮，擢於百里之中，致在三清之上。」4. 酒名。即清酒。晉潘岳《桔賦》:「三清既設，百味星爛。」唐駱賓王《初秋登王司馬樓宴得同字》詩:「綈賞三清滿，承歡六義通。」5. 一種以松實、梅花、佛手和雪水烹沏之茶。6. 三位清廉的人。《漢語大詞典》引南朝梁沈約《桐柏山金庭館碑》為最早書證，時代同期。所以該詞可視為中古法術類道經時期的新詞。

【七色】

身著玄黃之綬，頭冠七色耀天玉冠〔註 43〕。(《上清金真玉光八景飛經》)

按:1. 紅、橙、黃、綠、藍、靛、紫七種顏色。亦泛指多種顏色。南朝梁・江淹《構象臺詞》:「雲八重兮七色，山十影兮九形。」2. 七類。《漢語大詞典》引南朝梁・江淹《構象臺詞》為最早書證，時代同期。所以該詞可視為中古法術類道經時期的新詞。

三、「首例」〔註 44〕早於《漢語大詞典》引例的複音詞中的新詞

《漢語大詞典》中的「首例」出現的典籍晚於中古法術類道經，但是用例在中古法術類道經中已經出現，本文認為，「這類詞可以視為出現在中古法術類道經中的新詞，而且這些詞在詞典中的首例時間還可以有所提前。」〔註 45〕

在《漢語大詞典》中的「首例所出自的文獻時期晚於中古法術類道經，

〔註 43〕《正統道藏》正一部 (4 部)《上清金真玉光八景飛經》: 2。

〔註 44〕這裡的首例是指《漢語大詞典》中詞的義項釋義中第一個引用的例子。

〔註 45〕陳羿竹，《高僧傳》複音詞研究〔D〕:〔博士學位論文〕，長春：東北師範大學，2014。

所以，我們不但將其視為中古法術類道經中的新詞，更可使該詞在《漢語大詞典》中的首例時期提前。」〔註46〕

【家宅】

謁請素車白馬君五人，兵士十萬人，主收某家宅中三丘五墓之鬼〔註47〕。(《太上正一咒鬼經》)

按：住宅。《漢語大詞典》中，該詞的首例為宋蘇軾《宿望湖樓再和》:「我行得所嗜，十日忘家宅。」此詞《漢語大詞典》引宋蘇軾《宿望湖樓再和》為最早書證，時代較晚。所以此處應將中古法術類道經的例子作為首例，且該詞可視為中古法術類道經中的新詞。

【神鬼】

不神鬼，詐稱鬼〔註48〕。(《太上正一咒鬼經》)

按：迷信者所謂神靈和鬼怪。《漢語大詞典》中首例為：北魏酈道元《水經注・河水二》:「嚴堂之內，每時見神人往還矣。蓋鴻衣羽裳之士，練精餌食之夫耳。俗人不悟其仙者，乃謂之神鬼。彼羌目鬼曰唐述，復因名之為唐述山。」此詞《漢語大詞典》引北魏酈道元《水經注・河水二》為最早書證，時代較晚。所以此處應將中古法術類道經的例子作為首例，且該詞可視為中古法術類道經中的新詞。

【真神】

賜吾真神，吾今當出召神君〔註49〕。(《太上正一咒鬼經》)

按：上帝，天帝。《漢語大詞典》首例為：太平天國洪秀全創立「拜上帝會」稱上帝為真神。中國近代史資料叢刊《太平天國・文書》:「聖神、真神、天父、神父是上帝也。」此詞《漢語大詞典》引《太平天國・文書》為最早書證，時代較晚。所以此處應將中古法術類道經的例子作為首例，且該詞可視為中古法術類道經中的新詞。

〔註46〕陳羿竹，《高僧傳》複音詞研究〔D〕:〔博士學位論文〕，長春：東北師範大學，2014。

〔註47〕《正統道藏》正一部（4部）《太上正一咒鬼經》: 2。

〔註48〕《正統道藏》正一部（4部）《太上正一咒鬼經》: 2。

〔註49〕《正統道藏》正一部（4部）《太上正一咒鬼經》: 2。

【道神】

皆是妖惑蟲道神，但行邪偽別正真，天師銜命化善人〔註 50〕。（《太上正一咒鬼經》）

按：道路之神。《漢語大詞典》中首例是《宋書・律曆志中》：「崔寔《四民月令》曰：祖者，道神。黃帝之子曰累祖，好遠遊，死道路，故祀以為道神。」《漢語大詞典》引《宋書・律曆志中》為最早書證，時代較晚。所以此處應將中古法術類道經的例子作為首例，且該詞可視為中古法術類道經中的新詞。

【鬼王】

天師曰，吾為天地除萬殃，變身人間做鬼王〔註 51〕。（《太上正一咒鬼經》）

按：迷信傳說鬼世界之王。又泛指鬼的頭目。《漢語大詞典》首例為清黃遵憲《紀事》詩：「或帶假面具，或手執長槍，金目戲方相，黑臉畫鬼王。」《漢語大詞典》引清黃遵憲《紀事》詩為最早書證，時代較晚。所以此處應將中古法術類道經的例子作為首例，且該詞可視為中古法術類道經中的新詞。

【邪神】

先殺邪神，後滅遊光，何神敢前，何鬼敢當〔註 52〕。（《太上正一咒鬼經》）

按：邪惡之神。《漢語大詞典》首例為《敦煌變文集・破魔變文》：「不念自是邪神類，比併天中大世尊。」《漢語大詞典》引《敦煌變文集・破魔變文》（唐代）為最早書證，時代較晚。所以此處應將中古法術類道經的例子作為首例，且該詞可視為中古法術類道經中的新詞。

【六庚】

六庚六辛，野道不神〔註 53〕。（《太上正一咒鬼經》）

〔註 50〕《正統道藏》正一部（4 部）《太上正一咒鬼經》：2。

〔註 51〕《正統道藏》正一部（4 部）《太上正一咒鬼經》：2。

〔註 52〕《正統道藏》正一部（4 部）《太上正一咒鬼經》：2。

〔註 53〕《正統道藏》正一部（4 部）《太上正一咒鬼經》：3。

按：傳說主災害的神獸名。明楊慎《藝林伐山．六庚》：「六庚為白獸，在上為客星，在下為害氣。」《漢語大詞典》引明楊慎《藝林伐山．六庚》為最早書證，時代較晚。所以此處應將中古法術類道經的例子作為首例，且該詞可視為中古法術類道經中的新詞。

【六壬】

六壬六癸，野道自死〔註54〕。（《太上正一咒鬼經》）

按：「動用陰陽五行進行占卜凶吉的方法之一。與遁甲、太乙合稱三式。五行（水、火、木、金、土）以水為首；天干（甲、乙、丙、丁、戊、己、庚、辛、壬、癸）中，壬、癸屬水，壬為陽水，癸為陰水，捨陰取陽，故名壬；六十甲子中，壬有六個（壬申、壬午、壬辰、壬寅、壬子、壬戌），故名六壬。六壬占術由來甚古，《隋書．經籍志．五行》著錄有《六壬釋兆》、《六壬式經雜占》，此後歷代書志，收錄頗多。」〔註55〕《漢語大詞典》引《隋書．經籍志．五行》為最早書證，時代較晚。所以此處應將中古法術類道經的例子作為首例，且該詞可視為中古法術類道經中的新詞。

【家鬼】

家鬼他鬼，水邊鬼道傍鬼〔註56〕。（《太上正一咒鬼經》）

按：迷信者指家人死後的魂靈。北齊顏之推《顏氏家訓．風操》：「喪出之日，門前然火，戶外列灰，祓送家鬼，章斷注連。」「《漢語大詞典》引北齊顏之推《顏氏家訓．風操》為最早書證，時代較晚。」〔註57〕所以此處應將中古法術類道經的例子作為首例，且該詞可視為中古法術類道經中的新詞。

【大地】

大地小鬼，廣狡鬼夢寐鬼〔註58〕。（《太上正一咒鬼經》）

按：廣大地面；普天之下。亦指有關地球的。北魏溫子昇《寒陵山寺碑

〔註54〕《正統道藏》正一部（4部）《太上正一咒鬼經》：3。

〔註55〕徐楝，浙江子部著述考〔D〕：〔博士學位論文〕，杭州：浙江大學，2007。

〔註56〕《正統道藏》正一部（4部）《太上正一咒鬼經》：3。

〔註57〕胡佳慧，李仕春，元明方言學史研究綜述〔J〕，現代語言（語言研究版），2015（11）：2。

〔註58〕《正統道藏》正一部（4部）《太上正一咒鬼經》：3。

序》：「雖復高天於於猛炭，大地淪於積水，固以傳之不朽，終亦記此無忘。」《漢語大詞典》引北魏溫子昇《寒陵山寺碑序》為最早書證，時代較晚。所以此處應將中古法術類道經的例子作為首例，且該詞可視為中古法術類道經中的新詞。

【遮藏】

遮藏鬼，不神鬼，詐稱鬼〔註59〕。(《太上正一咒鬼經》)

按：遮蔽掩藏，使不外露。唐鄭谷《中臺五題・牡丹》詩：「卻得蓬蒿力，遮藏見太平。」《漢語大詞典》引唐鄭谷《中臺五題・牡丹》為最早書證，時代較晚。所以此處應將中古法術類道經的例子作為首例，且該詞可視為中古法術類道經中的新詞。

【啖食】

出入無間，啖食百鬼數千萬人眾精〔註60〕。(《太上正一咒鬼經》)

按：吃；吞食。唐李白《古風》之一：「龍虎相啖食，兵戈逮狂秦。」《漢語大詞典》引唐李白《古風》為最早書證，時代較晚。所以此處應將中古法術類道經的例子作為首例，且該詞可視為中古法術類道經中的新詞。

【病苦】

欲救療病苦，欲求年命延長〔註61〕。(《太上正一咒鬼經》)

按：疾苦；痛苦。亦指疾苦之人。唐劉禹錫《早夏郡中書事》詩：「言下辨曲直，筆端破交爭。虛懷詢病苦，懷律操剽輕。」《漢語大詞典》中引唐劉禹錫《早夏郡中書事》為最早書證，時代較晚。所以此處應將中古法術類道經的例子作為首例，且該詞可視為中古法術類道經中的新詞。

【掘窖】

穿井掘窖，填補塞孔，高下之功，立成之功，破殺之炁，悉以斬殺之，並收某家宅中五殘六賊〔註62〕。(《太上正一咒鬼經》)

〔註59〕《正統道藏》正一部（4部）《太上正一咒鬼經》：3。

〔註60〕《正統道藏》正一部（4部）《太上正一咒鬼經》：3。

〔註61〕《正統道藏》正一部（4部）《太上正一咒鬼經》：3。

〔註62〕《正統道藏》正一部（4部）《太上正一咒鬼經》：3。

按：猶掘藏。宋蘇軾《仇池筆記·盤遊飯穀董羹》：「江南人好作盤遊飯，鮓脯膾炙無不有，埋在飯中，里諺曰『掘得窖子』。羅浮穎老取凡飯食雜烹之，名『穀董羹』。詩人陸道士出一聯云：『投膠穀董羹鍋內，掘窖盤遊飯盌中。』」《漢語大詞典》引宋蘇軾《仇池筆記·盤遊飯穀董羹》為最早書證，時代較晚。所以此處應將中古法術類道經的例子作為首例，且該詞可視為中古法術類道經中的新詞。

【金真】

金真策五行以招魂，御豁落以威靈〔註 63〕。(《上清金真玉光八景飛經》)

按：猶真詮。指道教教義。《雲笈七籤》(宋)卷五三：「啟以光明，授以金真。」《漢語大詞典》引《雲笈七籤》(宋)為最早書證，時代較晚。所以此處應將中古法術類道經的例子作為首例，且該詞可視為中古法術類道經中的新詞。

【青真】

青真小童名之豁落七元，太上大道君名曰隱書玉訣〔註 64〕。(《上清金真玉光八景飛經》)

按：「道教謂九青帝之一。《雲笈七籤》(宋)卷二五：『木星有九門，門內有九青帝……或號青靈之公，或號青真，或號青精。』」〔註 65〕《漢語大詞典》引《雲笈七籤》(宋)為最早書證，時代較晚。所以此處應將中古法術類道經的例子作為首例，且該詞可視為中古法術類道經中的新詞。

【千劫】

流緬千劫，得妙忘旋〔註66〕。(《上清金真玉光八景飛經》)

按：佛教語。指曠遠的時間與無數的生滅成壞。劫，梵語 kalpa 的音譯。唐太宗《聖教序》：「無滅無生歷千劫。」《漢語大詞典》引唐太宗《聖教序》為

〔註63〕《正統道藏》正一部（4 部）《上清金真玉光八景飛經》：2。

〔註64〕《正統道藏》正一部（4 部）《上清金真玉光八景飛經》：2。

〔註65〕羅竹鳳，漢語大詞典〔M〕，上海：漢語大詞典出版社，1997：7632。

〔註66〕《正統道藏》正一部（4 部）《上清金真玉光八景飛經》：2。

最早書證，時代較晚。所以此處應將中古法術類道經的例子作為首例，且該詞可視為中古法術類道經中的新詞。

【四明】

告盟四明，啟付眾真〔註67〕。（《上清金真玉光八景飛經》）

按：山名。在浙江省寧波市西南。自天台山發脈，綿亙於奉化、慈谿、餘姚、上虞、嵊縣等縣境。道書為第九洞天，又名丹山赤水洞天。凡二百八十二峰。相傳群峰之中，上有方石，四面如窗，中通日月星辰之光，故稱四明山。《三才圖會・四明山圖考》（明）：「四明山者，天台之委也。」《漢語大詞典》引《三才圖會・四明山圖考》（明）為最早書證，時代較晚。所以此處應將中古法術類道經的例子作為首例，且該詞可視為中古法術類道經中的新詞。

【金仙】

洞遊玉清，金仙輔翼〔註68〕。（《上清金真玉光八景飛經》）

按：指佛。唐李白《與元丹丘方城寺談玄作》詩：「朗悟前後際，始知金仙妙。」王琦注：「金仙，謂佛。」《漢語大詞典》引唐李白《與元丹丘方城寺談玄作》為最早書證，時代較晚。所以此處應將中古法術類道經的例子作為首例，且該詞可視為中古法術類道經中的新詞。

在《漢語大詞典》中的首例所屬時期最早的那個詞義，在中古法術類道經中有所使用，且其產生時期晚於中古法術類道經。所以該詞的這個詞義首例應引用中古法術類道經，且該詞也可視為中古法術類道經中的新詞。

【殃及】

破門滅戶，殃及後代〔註69〕。（《太上正一咒鬼經》）

按：1. 連累。《漢語大詞典》首例為元劉致《新水令・代馬訴冤》套曲：「再不敢鞭駿馬騎向街頭鬧起，則索扭蠻腰將足下殃及，為此輩無知，將我連累。」2. 請求。元關漢卿《拜月亭》第四折：「休，休，教他不要則休，咎沒是則管殃及他則末？」《漢語大詞典》引元劉致《新水令・代馬訴冤》為

〔註67〕《正統道藏》正一部（4部）《上清金真玉光八景飛經》：2。

〔註68〕《正統道藏》正一部（4部）《上清金真玉光八景飛經》：2。

〔註69〕《正統道藏》正一部（4部）《太上正一咒鬼經》：3。

最早書證，時代較晚。由於該詞所有義項首例皆晚於中古法術類道經，又因該詞第一個詞義在中古法術類道經中被使用，所以其首例應引中古法術類道經，且該詞可視為產生於中古法術類道經中的新詞。

【玉妃】

冬至之日，太霄玉妃太虛上真人上詣太皇宮〔註 70〕。(《上清金真玉光八景飛經》)

按：仙女。1. 仙女。《雲笈七籤》卷二五：「玉妃忽見，其名密華，厥字鄰倩。」2. 指楊貴妃。唐陳鴻《長恨歌傳》：「見最高仙山，上多樓闕，西廂下有洞戶，東向，闔其門，署曰：『玉妃太真院』」3. 指梅花。唐皮日休《行次野梅》詩：「蔦拂蘿捎一樹梅，玉妃無侶獨裴回。」4. 指雪花。唐韓愈《辛卯年雪》詩：「白霓先啟塗，從以萬玉妃。」《漢語大詞典》引《雲笈七籤》(宋)為最早書證，時代較晚。由於該詞所有義項首例皆晚於中古法術類道經，又因該詞最早出現的詞義在中古法術類道經中被使用，所以其首例應引中古法術類道經，且該詞可視為產生於中古法術類道經中的新詞。

【玉皇】

帝遣徘徊輦，三元降綠軿。迅駕騰九玄，朝禮玉皇庭〔註 71〕。(《上清金真玉光八景飛經》)

按：1. 道教稱天帝曰玉皇大帝，簡稱玉帝、玉皇。唐李白《贈別舍人臺卿之江南》詩：「入洞過天地，登真朝玉皇。」2. 指皇帝。唐溫庭筠《贈彈箏人》詩：「天寶年中事玉皇，曾將新曲教寧王。」唐無本《馬嵬》詩：「一自玉皇惆悵後，至今來往馬蹄腥。」《漢語大詞典》引唐《贈別舍人臺卿之江南》為最早書證，時代較晚。由於該詞所有義項首例皆晚於中古法術類道經，又因該詞最早出現的詞義在中古法術類道經中被使用，所以其首例應引中古法術類道經，且該詞可視為產生於中古法術類道經中的新詞。

【天魔】

真不為降，天魔犯身〔註 72〕。(《上清金真玉光八景飛經》)

〔註 70〕《正統道藏》正一部（4 部）《上清金真玉光八景飛經》：2。

〔註 71〕《正統道藏》正一部（4 部）《上清金真玉光八景飛經》：2。

〔註 72〕《正統道藏》正一部（4 部）《上清金真玉光八景飛經》：2。

按：1. 佛教語。天子魔之略稱。為欲界第六天主。常為修道設置障礙。《楞嚴經》卷九：「或汝陰魔，或復天魔。」《百喻經．小兒得大龜喻》：「邪見外道，天魔波旬，及惡知識，而語之言，汝但極意六塵，恣情五欲，如我語者，必得解脫。」2. 道教指天上的魔怪。《雲笈七籤》卷四：「有經無符，則天魔害人。」3. 泛指魔鬼。4. 樂舞名。《漢語大詞典》引《雲笈七籤》（宋）為最早書證，時代較晚。由於該詞所有義項首例皆晚於中古法術類道經，又因該詞最早出現的詞義在中古法術類道經中被使用，所以其首例應引中古法術類道經，且該詞可視為產生於中古法術類道經中的新詞。

【玉仙】

九天丈人坐命靈都，攜契玉仙〔註 73〕。（《上清金真玉光八景飛經》）

按：1. 仙女，美女。唐杜牧《瑤瑟》詩：「玉仙瑤瑟夜珊珊，月過樓西桂燭殘。風景人間不如此，動搖湘水徹明寒。」唐劉兼《春夜》詩：「醉垂羅袂倚朱欄，小數玉仙歌未闋。」2. 道觀名，即玉仙觀。故址在今開封市。宋蘇軾《安國寺尋春》詩：「遙知二月王城外，玉仙洪福花如海。」3. 道教稱食騫樹之葉而成仙者。《雲笈七籤》卷八：「月中樹名騫數，一名藥王，凡有八數，在月中也。得食其葉者為玉仙。玉仙之身，洞澈如水精瑠璃焉。」4.花名。《漢語大詞典》引唐杜牧《瑤瑟》為最早書證，時代較晚。由於該詞所有義項首例皆晚於中古法術類道經，又因該詞最早出現的詞義在中古法術類道經中被使用，所以其首例應引中古法術類道經，且該詞可視為產生於中古法術類道經中的新詞。

【紫清】

流映紫清，曆運御氣〔註 74〕。（《上清金真玉光八景飛經》）

按：1. 指天上。謂神仙居所。唐李白《春日行》：「深宮高樓入紫清，金作蛟龍盤繡楹。」2. 指翰林院。以翰林乃清貴之職，故稱。宋黃庭堅《子瞻去歲春侍立邇英子由秋冬間相繼入侍次韻》之一：「赤壁歸來入紫清，堂堂心在鬢彫零。」《漢語大詞典》引唐李白《春日行》為最早書證，時代較晚。由於該詞所有義項首例皆晚於中古法術類道經，又因該詞最早出現的詞義在中

〔註 73〕《正統道藏》正一部（4 部）《上清金真玉光八景飛經》：2。

〔註 74〕《正統道藏》正一部（4 部）《上清金真玉光八景飛經》：2。

古法術類道經中被使用，所以其首例應引中古法術類道經，且該詞可視為產生於中古法術類道經中的新詞。

【玉章】

足躡九色之履，手執度命保生玉章〔註 75〕。（《上清金真玉光八景飛經》）

按：指道經之義。1. 指道經。宋李仲光《武夷紫岩峰》詩：「琅琅誦玉章，勉力探希夷。」2. 詩文或書簡的美稱。《漢語大詞典》引宋李仲光《武夷紫岩峰》為最早書證，時代較晚。由於該詞所有義項首例皆晚於中古法術類道經，又因該詞最早出現的詞義在中古法術類道經中被使用，所以其首例應引中古法術類道經，且該詞可視為產生於中古法術類道經中的新詞。

【仙官】

兆欲致東嶽真人仙官，當以黑書青紙〔註 76〕。（《上清金真玉光八景飛經》）

按：神仙義。1. 道教稱有尊位的神仙。唐薛逢《漢武宮詞》：「武帝清齋夜築壇，自斟明水醮仙官。」《太平廣記》卷三引《漢武內傳》：「阿母必能致汝於玄都之墟，迎汝於昆閬之中，位以仙官。」2. 藉以尊稱道士。唐王維《送方尊師歸嵩山》詩：「仙官欲往九龍潭，旄節朱旛倚石龕。」《漢語大詞典》引《漢武宮詞》（唐）為最早書證，時代較晚。由於該詞所有義項首例皆晚於中古法術類道經，又因該詞最早出現的詞義在中古法術類道經中被使用，所以其首例應引中古法術類道經，且該詞可視為產生於中古法術類道經中的新詞。

【登晨】

九年精感，白日登晨〔註 77〕。（《上清金真玉光八景飛經》）

按：升登玉宸。1. 道教謂飛昇到三清界。《雲笈七籤》卷二十：「當思夫人姓諱形象然後咒，則魂神澄正，明星懽悅，天光洞映，使魂影俱飛登晨也。」《雲笈七鑒》卷三十：「玉華引日，太一併形，千乘萬騎，舉身登晨，白日昇

〔註 75〕《正統道藏》正一部（4 部）《上清金真玉光八景飛經》：2。

〔註 76〕《正統道藏》正一部（4 部）《上清金真玉光八景飛經》：2。

〔註 77〕《正統道藏》正一部（4 部）《上清金真玉光八景飛經》：2。

天。」2. 猶天明。《雲笈七籤》卷三十：「日之正中為白日，雞之始鳴為登晨。」《漢語大詞典》引《雲笈七籤》（宋）為最早書證，時代較晚。由於該詞所有義項首例皆晚於中古法術類道經，又因該詞最早出現的詞義在中古法術類道經中被使用，所以其首例應引中古法術類道經，且該詞可視為產生於中古法術類道經中的新詞。

【玉霄】

九玄洞元炁，紫素凌玉霄〔註78〕。（《洞真太上太霄琅書》）

按：1. 天界。傳說中天帝、神仙的居處。唐常建《古意》詩之二：「玉霄九重閉，金鎖夜不開。」2. 指天台山的玉霄峰。宋陸游《贈倪道士》詩：「歸隱玉霄應不出，他年容我扣岩扉。」《漢語大詞典》引唐常建《古意》為最早書證，時代較晚。由於該詞所有義項首例皆晚於中古法術類道經，又因該詞最早出現的詞義在中古法術類道經中被使用，所以其首例應引中古法術類道經，且該詞可視為產生於中古法術類道經中的新詞。

四、補充《漢語大詞典》失收的複音詞中的新詞

中古法術類道經複音詞，《漢語大詞典》可據以增收者共 3985 個，僅列舉 13 例進行分析。

【金闕】

上清太一金闕玉璽金真紀〔註79〕。（《上清太一金闕玉璽金真記》）

按：「金闕」，就是金色的庭閣。如《詩・鄭風・子衿》：「挑兮達兮，在城闕兮。」高亨注：「闕，城門兩邊的高臺。」《三輔黃圖・雜錄》：「闕，觀也。周置兩觀以表宮門，其上可居，登之可以遠觀，故謂之觀。」

【徵祥】

鬼神之為用也，或見徵祥於天文，或露祅災於地理，或構吉凶於人事〔註80〕。（《洞神八帝元變經》）

按：表露出驗證出來的吉凶預兆。「徵祥」，如漢劉向《說苑・善說》：「陛

〔註78〕《正統道藏》上清經部（1部）《洞真太上太宵琅書》：3。

〔註79〕《正統道藏》洞玄部（1部）《金闕玉璽金真紀》：2。

〔註80〕《正統道藏》正一部（4部）《洞神八帝元變經》：2。

下之身逾盛，天瑞並至，徵祥畢見。」如晉葛洪《抱朴子・對俗》:「仰望雲物之徵祥，俯定卦兆之休咎。」如唐劉知幾《史通・漢書五行志錯誤》:「班書載此徵祥，雖具剖析，而求諸後應，曾不縷陳，敘事之宜，豈其若是？」

【籙籍】

封宅之後，永保兆家大小男女籙籍，令得度三災之運。急急一如律令〔註81〕。(《無上三元鎮宅靈籙》)

按:「籙籍」，這裡指名簿名單。「籙」，簿錄。《管子・輕重丁》:「州通之師執折籙曰:『君且使使者。』」《說文》『錄，金色也』，假借為簿錄字。」籍，人名簿。《史記・蒙恬列傳》:「高有大罪，秦王令蒙毅法治之。毅不敢阿法，當高罪死，除其宦籍。」籙籍，指道教的秘文與仙人的名籍。如前蜀杜光庭《皇太子本命醮詞》:「爰命真官，以司籙籍。五行休王，皆稟於神功；三命興衰，悉宗於靈府。」

【鑊湯】

手持劈磨戴鑊湯，動雷發電回天光，星辰失度月慘黃，顛風泄地日收光〔註82〕。《太上正一咒鬼經》

按：佛經所說「十八地獄」之一。用以烹罪人。如唐顧況《歸陽蕭寺有丁行者》詩:「此輩之死後，鑊湯所熬煎。」《敦煌變文集・佛說阿彌陀經講經文》:「拋在鑊湯爐炭內，鐵叉攪轉問根由。」

【八風】

八風回旋，玄鼓雲蓋，九炁映靈，三五翼贊，六六合併〔註83〕。(《上清金真玉光八景飛經》)

按：統指四時氣候變化而言，一說為八方之風，在《呂氏春秋》《淮南子》《說文解字》《左傳・隱公五年》等中都有記載，在《黃帝內經》中則引申為「從其虛之鄉來，與其所主時令不相一致，所謂非其時其風，亦名虛風，故能病人」，另一說即為八種季候風，在《易緯通卦驗》有記載。也指針灸穴位

〔註81〕《正統道藏》洞神部（1部）《無上三元鎮宅靈籙》:2。

〔註82〕《正統道藏》正一部（4部）《上清金真玉光八景飛經》:3。

〔註83〕《正統道藏》正一部（4部）《上清金真玉光八景飛經》:3。

名，位於足背五趾畸縫間，左右共八穴。也指佛教名詞中的「八方」，指對某人的八種態度，又叫「世八法」，指塵世間煽惑人心的八件事：利、衰、毀、譽、稱、譏、苦、樂。

【齋戒】

當以其日沐浴齋戒，清朝入室，燒香行禮〔註84〕。（《上清金真玉光八景飛經》）

按：「古人在祭祀前沐浴更衣、整潔身心，以示虔誠。如《孟子・離婁下》：『雖有惡人，齋戒沐浴，則可以祭天』。」〔註85〕如《史記・秦始皇本紀》：「齊人徐市等上書，言海中有三神山，名曰蓬萊、方丈、瀛洲，仙人居之。請得齋戒，與童男女求之。」

【雲輿】

有真人下降，雲輿紫蓋來迎兆身〔註86〕。（《洞真太上太霄琅書》）

按：神仙以云為車，故稱。如三國魏曹植《辨道論》：「豈復欲觀神仙於瀛洲，求安期於邊海，釋金輅而顧雲輿，棄文驥而求飛龍哉！」如三國魏阮籍《清思賦》：「載雲輿之晻靄兮，乘夏后之兩龍。」如《雲笈七籤》卷四：「高辛招雲輿之校，大禹獲鍾山之書。」

【琅書】

於空洞之上，玄虛之中，以《太霄琅書瓊文帝章》，降授於君〔註87〕。（《洞真太上太霄琅書》）

按：道家之書的美稱。如唐・陸龜蒙《幽居賦》：「讀仙苑之琅書，安能解慍。傾洛公之金醴，幾得消憂。不假大招，寧馳別國。悲故鄉之何在，望平原之無極？」

【飛仙】

天王正有九，飛仙有億千〔註88〕。（《洞真太上太霄琅書》）

〔註84〕《正統道藏》正一部（4部）《上清金真玉光八景飛經》：3。

〔註85〕主金超，隋代新詞新義研究〔D〕:〔碩士學位論文〕，濟南：山東大學，2011。

〔註86〕《正統道藏》上清經部（1部）《洞真太上太宵琅書》：4。

〔註87〕《正統道藏》上清經部（1部）《洞真太上太宵琅書》：4。

〔註88〕《正統道藏》上清經部（1部）《洞真太上太宵琅書》：4。

按：指會飛的仙人。如《海內十洲記・方丈洲》：「蓬萊山周回五千里外別有圓海繞山，圓海水正黑，而謂之冥海也，無風而洪波百丈，不可得往來……惟飛仙有能到其處耳。」

【剛強】

一者身體剛強，軀形安寧〔註 89〕。(《元始五老赤書玉篇真文天書經》)

按：形容性格、意志堅強，健旺鼎盛。如《逸周書・謚法》：「剛強理直曰武。」如《荀子・修身》：「血氣剛強，則柔之以調和。」如《淮南子・時則訓》：「行柔惠，止剛強。」高誘注：「剛強，侵陵人不循軌度者，禁止之也。」如《漢書・馮野王傳》：「剛強堅固，確然亡欲，大鴻臚野王是也。」

【元炁】

堂有元炁丈人，駕三角之麟〔註 90〕。(《元始五老赤書玉篇真文天書經》)

按：指的是一種能量，一種非物質肉體所需要的能量，是人的第一個靈體所需要的能量。如《鶡冠子・泰錄》：「天地成於元炁，萬物成於天地。」如《論衡》：「元炁未分，渾沌為一。」「萬物之生，皆稟元氣」；如《白虎通義・天地》：「天地者，元炁之所生，萬物之祖也。」唐代柳宗元提出：「龐昧革化，惟元炁存。」

【治民】

治理人民，治理百姓〔註 91〕。(《元始五老赤書玉篇真文天書經》)

按：「治民」，是中國古代太守（郡守）的主要職責之一。如《史記・五帝本紀》：「舉風后、力牧、常先、大鴻以治民。」

【疫毒】

外防眾非，司察五方瘟災疫毒魍魎，空中俘遊鬼魅〔註 92〕。

〔註 89〕《正統道藏》洞真部（1 部）《元始五老赤書玉篇真文天書經》：4。

〔註 90〕《正統道藏》洞真部（1 部）《元始五老赤書玉篇真文天書經》：4。

〔註 91〕《正統道藏》洞真部（1 部）《元始五老赤書玉篇真文天書經》：4。

〔註 92〕《正統道藏》洞神部（1 部）《無上三元鎮宅靈籙》：3。

（《無上三元鎮宅靈籙》）

按：季節性或傳染性的病毒瘟疫。如《素問・刺法論》言：「五疫之至，皆相染易，無問大小，病狀相似。」

【秘要】

黃老沖虛之教、玄洞秘要之書，莫不盡窮，貫之心胸〔註93〕。（《洞神八帝元變經》）

按：指奧旨精義，也指秘密緊要。如《後漢書・方術傳上・任文公》：「明曉天官風星秘要。」如《晉書・儒林傳・韋謏》：「雅好儒學，善著述，於群言秘要之義，無不綜覽。」如《舊唐書・方伎傳・葉法善》：「天真精密，妙理玄暢，包括秘要，發揮靈符。」如唐呂岩《西江月》詞：「秘要俱皆覽過，神仙奧旨重吟。」

【陰德】

伏匿之犯惡，陰德之細功者，無不一二縷別而知之者〔註94〕。（《上清太一金闕玉璽金真記》）

按：暗中做的有德於人的事。如《淮南子・人間訓》：「有陰德者必有陽報，有陰行者必有昭名。」如《三國志魏書崔毛徐何邢鮑司馬傳》：「夫有陰德者必有陽報，今君疾雖未瘳，神明聽之矣。」

第二節　複音詞中的新義

中古法術類道經所見複音詞，《漢語大詞典》收錄詞條卻漏收新義項的有83個，可據此增列該詞條新的義項，為中古法術類道經中的新義。

一、新義的首例出自中古法術類道經的複音詞

這類詞的某個義項首例出自中古法術類道經，同時該詞其他義項的首例所處時期早於中古法術類道經時期，在此，可將首例出自中古法術類道經中的那個義項視為新義。

〔註93〕《正統道藏》正一部（4部）《洞神八帝元變經》：3。

〔註94〕《正統道藏》洞玄部（1部）《金闕玉璽金真紀》：2。

【左契】

按：左手持，取。首例為「收捕非殃登天，左契佩帶印章，頭戴華蓋。」〔註95〕（《太上正一咒鬼經》）

《漢語大詞典》收錄的義項為：「左契」，1. 左券。《老子》：「是以聖人執左契而不責於人。」唐杜牧《杭州新造南亭子記》：「今權歸於佛，買福賣罪，如持左契，交手相付。」2. 符契之左半。宋司馬光《送周密學沆真定安撫使》詩：「玉帳前茅舉，銅魚左契分。」《漢語大詞典》中該詞的釋義為二項，其中一義項出現的時間比中古法術類道經時間早。所以中古法術類道經中的詞義屬增添的新義。

【常事】

按：長期侍奉、從事。首例為「食人兒女，盡以及身，破門滅戶，殃及後代，如此袄惑，不可常事。」〔註96〕（《太上正一咒鬼經》）

《漢語大詞典》收錄的義項為：「常事」，1. 上古指掌管政務的官員。《書·立政》：「文王惟克厥宅心，乃克立茲常事司牧人，以克俊有德。」2. 平常的事情；常有的事情。《公羊傳·桓公四年》：「《春秋》之法常事不書。」《晉書·何遵傳》：「吾每宴見，未嘗聞經國遠圖，惟說平生常事，非貽厥孫謀之兆也。」《漢語大詞典》中該詞的釋義為二項，其中一義項出現的時間比中古法術類道經時間早。所以中古法術類道經中的詞義屬增添的新義。

【兆形】

按：百姓之身。首例是「元景上真，八道玄靈，上治黃母，下治兆形，徘徊神輦，流映紫清。」〔註97〕（《上清金真玉光八景飛經》）

《漢語大詞典》收錄的義項為：「兆形」，1. 開始出現。《管子·君臣下》：「是故道術、德行，出於賢人；其從義理，兆形於民心，則民反道矣。」2. 指開始成形。唐劉禹錫《唐故衡嶽律大師湘潭唐興寺儼公碑》：「兆形在孕，母不嗜葷。」《漢語大詞典》，此詞缺失此義項，可據《上清金真玉光八景飛經》增補。《漢語大詞典》中該詞的釋義為二項，其中一義項出現的時間比中古法術類

〔註95〕《正統道藏》正一部（4部）《太上正一咒鬼經》：2。

〔註96〕《正統道藏》正一部（4部）《太上正一咒鬼經》：2。

〔註97〕《正統道藏》正一部（4部）《上清金真玉光八景飛經》：3。

道經時間早。所以中古法術類道經中的詞義屬增添的新義。

【重基】

按：厚重的基礎，首例是「積福有重基，宿根咸消滅。」〔註98〕（《洞真太上太霄琅書》）

《漢語大詞典》收錄的義項為：「重基」，猶高山。三國魏曹植《離友》詩之二：「臨淥水兮登重基，折秋華兮採靈芝。」《文選》嵇康《琴賦》：「涉蘭圃，登重基。」李善注引《春秋運斗樞》：「山者，地之基。」李周翰注：「重基，高山也。」晉陸機《輓歌》之一：「夙駕驚徒御，結轡頓重基。」《漢語大詞典》此詞缺失此義項，可據《洞真太上太霄琅書》增補。《漢語大詞典》中該詞的釋義義項出現的時間比中古法術類道經時間早。所以中古法術類道經中的詞義屬增添的新義。

【白文】

按：白色的紋理、花紋。首例是「姓浩，諱二儀，形長六寸八分，身著白文素靈之綬，頭戴無極寶天之冠。」〔註99〕（《上清金真玉光八景飛經》）

《漢語大詞典》收錄的義項為：「白文」，「1. 白色字文。《宋史・太宗紀一》：「〔太平興國七年三月〕舒州上玄石，有白文曰：『丙子年出趙號二十一帝。』」2. 碑碣、鍾鼎或印章上面的陰文。」〔註100〕3. 指有注解的書的正文。4. 指有注釋的書不錄注釋只印正文的書，如《十三經白文》。5. 歷史上白族人民在漢字基礎上創造的字。《漢語大詞典》此詞缺失此義項，可據《上清金真玉光八景飛經》增補。《漢語大詞典》中該詞的釋義為五項，其中一義項出現的時間比中古法術類道經時間早。所以中古法術類道經中的詞義屬增添的新義。

【九元】

按：九個一元，首例是「東方九炁青天，天有九元，九元運關，周回三十二覆。」〔註101〕（《元始五老赤書玉篇真文天書經》）

〔註98〕《正統道藏》上清經部（1部）《洞真太上太霄琅書》：3。

〔註99〕《正統道藏》正一部（4部）《上清金真玉光八景飛經》：2。

〔註100〕羅竹鳳，漢語大詞典〔M〕，上海：漢語大詞典出版社，1997：4796。

〔註101〕《正統道藏》洞真部（1部）《元始五老赤書玉篇真文天書經》：2。

漢《三統曆》法以四千六百一十七年為一元。《漢書．律曆志上》：「凡四千六百一十七歲，與一元終。經歲四千五百六十，災歲五十七。」《漢語大詞典》收錄的義項為：「九元」，道教語。指人的九竅。《黃庭內景經．靈臺》：「七曜九元冠生門。」梁丘子注：「九元，九辰，配人之九竅，廢一不可，故曰生門。」《雲笈七籤》卷八：「辭者，憂樂之曲也。結九元正一之氣，以成憂樂之辭。」《漢語大詞典》，此詞缺失此義項，可據《元始五老赤書玉篇真文天書經》增補。《漢語大詞典》中該詞的釋義義項出現的時間比中古法術類道經時間早。所以中古法術類道經中的詞義屬增添的新義。

【下策】

按：鞭策勉勵、策勉之義。「上制天機，中檢五靈，下策地祇。」〔註 102〕（《元始五老赤書玉篇真文天書經》）

南朝梁簡文帝《弔道澄法師亡書》：「宜應共相策勉，弘遵舊業。」《漢語大詞典》收錄的義項為：下策不高明的計策或辦法。漢荀悅《漢紀．平帝紀》：「匈奴為害久矣，周秦漢皆征之，然皆未得上策者。周得中策，漢得下策，秦無策焉。」《新唐書．杜牧傳》：「不計地勢，不審攻守，為浪戰，最下策也。」《漢語大詞典》，此詞缺失此義項，可據《元始五老赤書玉篇真文天書經》增補。《漢語大詞典》中該詞的釋義一個義項出現的時間比中古法術類道經時間早，所以中古法術類道經中的詞義屬增添的新義。

【侍子】

按：陪從或伺候尊長、主人的人，一般是近侍。首例是「封山召海，攝萬兵，制鬼神，天靈地祇，神童玉女侍子也。」〔註 103〕（《洞真太上太素玉籙》）

《左傳．襄公十四年》：「師曠侍於晉侯。」《論語．公冶長》：「顏淵、季路侍。子曰：『盍各言爾志？』」《左傳．襄公二五年》：「公鞭侍人賈舉而又近之，乃為崔子問公。」《漢語大詞典》收錄的義項是：「1.古代屬國之王或諸侯遣子入朝陪侍天子，學習文化，所遣之子稱侍子。」〔註 104〕「《後漢書．光武帝紀下》：『鄯善王、車師王等十六國，皆遣子入侍奉獻，願請都護。帝以中

〔註 102〕《正統道藏》洞真部（1 部）《元始五老赤書玉篇真文天書經》：2。

〔註 103〕《正統道藏》正一部（4 部）《洞真太上太素玉籙》：2。

〔註 104〕洪一麟，論蔡邕《獨斷》的語料價值〔J〕，文教資料，2011（32）：2。

國初定，未遑外事，乃還其侍子，厚加賞賜。』《後漢書・西域傳・疏勒國》：『五年，臣磐遣侍子與大宛莎車使俱詣闕貢獻。』2. 可以侍奉雙親的兒子。唐于鵠《送遷客》詩之一：『白頭無侍子，多病向天涯。』唐張籍《寄衣曲》：『高堂姑老無侍子，不得自到邊城裏。』〔註105〕《漢語大詞典》此詞缺失此義項，可據《洞真太上太素玉籙》增補。《漢語大詞典》中該詞的釋義一個義項出現的時間比中古法術類道經時間早。所以中古法術類道經中的詞義屬增添的新義。

【左次】

按：在左邊次序。次，是順序，次序。首例是「畢仍存青帝夫人，從月光中來；在我之左次，存赤帝夫人。」〔註106〕（《上清太一金闕玉璽金真記》）

《漢語大詞典》收錄的義項為：1. 謂駐紮在高險之地。《易・師》：「師左次，无咎。」孔穎達疏：「師在高險之左以次止，則無凶咎也。」一說，謂退止。尚秉和注：「次，舍也。震為左，故曰左次。古人尚右，左次則退也。」2. 較差。《漢語大詞典》此詞缺失此義項，可據《上清太一金闕玉璽金真記》增補。《漢語大詞典》中該詞的釋義一個義項出現的時間比中古法術類道經時間早，所以中古法術類道經中的詞義屬增添的新義。

【中田】

按：中丹田，道教稱人體有三丹田：在兩眉間者為上丹田，在心下者為中丹田，在臍下者為下丹田。腹部臍下的陰交、氣海、石門、關元四個穴位都別稱丹田。首例是「攜契七映房，金羅煥中田。」〔註107〕（《洞真太上太霄琅書》）

《漢語大詞典》收錄的義項為：1. 田中。《詩・小雅・信南山》：「中田有廬，疆埸有瓜。」鄭玄箋：「中田，田中也。」三國魏曹植《豫章行》之一：「虞舜不逢堯，耕耘處中田。」唐韓愈《和李相公攝事南郊》：「村樹黃復綠，中田稼何饒！」2. 中等田地。《漢書・食貨志上》：「民受田，上田夫百晦，中田夫二百晦，下田夫三百晦。」《漢語大詞典》此詞缺失此義項，可據《洞真太上太霄琅書》增補。《漢語大詞典》中該詞的釋義二個義項出現的時間比

〔註105〕羅竹鳳，漢語大詞典〔M〕，上海：漢語大詞典出版社，1997：556。

〔註106〕《正統道藏》洞玄部（1部）《金闕玉璽金真紀》：2。

〔註107〕《正統道藏》上清經部（1部）《洞真太上太霄琅書》：4。

中古法術類道經時間早，所以中古法術類道經中的詞義屬增添的新義。

【元臺】

按：天台，元，天也。《廣雅・釋言》首例是「《東方青帝靈寶赤書玉篇》，上二十四字，書九天元臺，主召九天上帝校神仙圖錄。」〔註108〕（《元始五老赤書玉篇真文天書經》）

《漢語大詞典》收錄的義項為：指三臺星中的上階二星。三臺六星兩兩而居。其上階二星，上星象徵天子，下星象徵女主；又稱天柱星，象徵三公之位。見《晉書・天文志》。故以元臺喻天子、女主或首輔。唐陳子昂《大周受命頌》：「符鳥之肇，開闢元臺，女希氏姓，神功大哉！」此喻女主。《漢語大詞典》，此詞缺失此義項，可據《元始五老赤書玉篇真文天書經》增補。《漢語大詞典》中該詞的二個義項出現的時間比中古法術類道經時間早。所以中古法術類道經中的詞義屬增添的新義。

【玄光】

按：天光、神光。《易・坤》：「天玄而地黃。」孔穎達疏：「天色玄，地色黃。」後因以玄指天。《文選》揚雄《劇秦美新》：「或玄而萌，或黃而芽。」劉良注：「玄，天也；黃，地也。」首例是「三天真生神符，出元始通景玄光氣後赤書五劫，見於玄都玉京上館。」〔註109〕（《元始五老赤書玉篇真文天書經》）

《漢語大詞典》收錄的義項為：內在的、天賦的穎慧。《淮南子・俶真訓》：「外內無符，而欲與物接，弊其玄光而求知之於耳目，是釋其炤炤，而道之冥冥也。」《漢語大詞典》，此詞缺失此義項，可據《元始五老赤書玉篇真文天書經》增補。《漢語大詞典》中該詞的義項出現的時間比中古法術類道經時間早。所以中古法術類道經中的詞義屬增添的新義。

【紫房】

按：仙人居住的房子和空間。道教以紫色為仙人使用的尊貴之色，例如紫府，道教稱仙人所居。晉葛洪《抱朴子・祛惑》：「及至天上，先過紫府，金床玉幾，晃晃昱昱，真貴處也。」前蜀貫休《寄天台道友》詩：「紫府稱非遠，清

〔註108〕《正統道藏》洞真部（1部）《元始五老赤書玉篇真文天書經》：4。

〔註109〕《正統道藏》洞真部（1部）《元始五老赤書玉篇真文天書經》：3。

溪徑不迂。」

首例是「太極有九名，一曰太清，二曰太極，三曰太微，四曰紫房，五曰玄室，六曰帝堂，七曰天府，八曰皇官，九曰天京玄都。」〔註 110〕（《洞真太上太素玉籙》）

《漢語大詞典》收錄的義項為：1. 皇太后所居的宮室。《後漢書．竇武何進傳贊》：「惟女惟弟，來儀紫房。」《宋書．樂志二》：「宣皇太后朝歌：母臨萬宇，訓靄紫房。」唐王翰《飛燕篇》：「君心見賞不見忘，姊妹雙飛入紫房。」2. 指道家煉丹房。南朝宋鮑照《代淮南王》詩之一：「合神丹，戲紫房，紫房采女弄明璫。」唐陳子昂《續唐故中嶽體元先生潘尊師碑頌》：「朝拜白茅夕紫房，齋心潔意緬相望。」3. 紫色的果實。《文選》左思《吳都賦》：「素華斐，丹秀芳，臨青壁，繫紫房。」張銑注：「紫房，果之紫者，繫於木上。」唐白居易《南園試小樂》詩：「紅萼紫房皆手植，蒼頭碧玉盡家生。」《漢語大詞典》此詞缺失此義項，可據《洞真太上太素玉籙》增補。《漢語大詞典》中該詞的義項出現的時間比中古法術類道經時間早。所以中古法術類道經中的詞義屬增添的新義。

【玄室】

按：仙人居住的房子、空間。首例是「太極有九名，一曰太清，二曰太極，三曰太微，四曰紫房，五曰玄室，六曰帝堂，七曰天府，八曰皇官，九曰天京玄都。」〔註 111〕（《洞真太上太素玉籙》）

《漢語大詞典》收錄的義項是：1. 墓室。漢張衡《司徒呂公誄》：「去此寧寓，歸於幽堂；玄室冥冥，脩夜彌長。」晉丘道護《道士支曇諦誄》：「邈矣法師，夙反玄室，累劫之勤，不逮而疾。」2. 暗室。漢劉歆《遂初賦》：「攸潛溫之玄室兮，滌濁穢於太清。」漢徐幹《中論．治學》：「譬如寶在於玄室，有所求而不見。」《漢語大詞典》此詞缺失此義項，可據《洞真太上太素玉籙》增補。《漢語大詞典》中該詞的二個義項出現的時間比中古法術類道經時間早。所以中古法術類道經中的詞義屬增添的新義。

〔註 110〕《正統道藏》正一部（4 部）《洞真太上太素玉籙》：2。

〔註 111〕《正統道藏》正一部（4 部）《洞真太上太素玉籙》：2。

二、新義首例出自中古法術類道經共時典籍的複音詞

這類詞的某個義項的首例出自與中古法術類道經同期的典籍，同時，這類詞的其他詞義的首例所處時期早於中古法術類道經。這類詞均為道教特色詞。

【神虎】

按：仙虎、神仙界的老虎。「長牙扣鐘，神虎仰號，獅子俯鳴，麟舞鳳唱，嘯歌邕邕。」〔註 112〕（《元始五老赤書玉篇真文天書經》）

《漢語大詞典》收錄的義項為：即神虎門。南朝建康皇宮西首宮門名。相傳南朝梁陶弘景曾在此門掛衣冠而上書辭祿。宋李綱《與程給事書》：「願掛冠神虎，乞骸骨以歸山林。」參見「神武掛冠」。《漢語大詞典》引宋李綱《與程給事書》書證，時代較晚。《漢語大詞典》，此詞缺失此義項，可據《元始五老赤書玉篇真文天書經》增補。該詞首例是南朝建康，屬於與中古法術類道經同一時期的義項。可視為產生於中古法術類道經時期的新義。

【白幡】

按：白色的旗子的意思，幡，旗幟。《錄史記・司馬相如列傳》：「垂絳幡之素蜺兮，載雲氣而上浮。」「次思右目太和君，衣白衣，冠五華冠，左手持金液玉漿，右手執白幡，在帝君左右。」〔註 113〕（《洞真太上太素玉籙》）

《漢語大詞典》收錄的義項為：戰敗者表示投降的白旗。《南史・劉劭傳》：「蕭問斌大航不守，惶窘不知所為，宣令所統皆使解甲，尋戴白幡來降，即於軍門伏誅。」《敦煌變文集・伍子胥變文》：「始得昭王怕懼之心，遂即白幡降伏。」《漢語大詞典》，此詞缺失此義項，可據《洞真太上太素玉籙》增補。首例為南朝，屬於與中古法術類道經同一時期的義項。可視為產生於中古法術類道經時期的新義。

三、新義首例晚於中古法術類道經時期的複音詞

這類詞某個義項為中古法術類道經所使用，並且該詞引用首例晚於中古法術類道經時期，所以其首例應提前至中古法術類道經。

〔註 112〕《正統道藏》洞真部（1 部）《元始五老赤書玉篇真文天書經》：3。

〔註 113〕《正統道藏》正一部（4 部）《洞真太上太素玉籙》：1。

（一）基本詞彙

【上官】

> 元始五老三元玉符，與《靈寶玉篇真文》大劫、小劫符命，同出太玄都玉京山紫微上官。〔註 114〕（《元始五老赤書玉篇真文天書經》）

按：神官，天神和人物。唐李白《尋陽送弟昌峒鄱陽司馬作》詩：「朱紱白銀章，上官佐鄱陽。」宋吳曾《能改齋漫錄・正五九月不上任》：「偶讀實所引用，於是始知不用正、五、九上官之理。」

《漢語大詞典》引唐李白《尋陽送弟昌峒鄱陽司馬作》書證，時代較晚。《漢語大詞典》，此詞缺失此義項，可據《元始五老赤書玉篇真文天書經》增補，其首例應提前至中古法術類道經。

【鬼精】

> 其下十六字，主攝北帝，正天氣，檢鬼精〔註 115〕。（《元始五老赤書玉篇真文天書經》）

> 百毒凶害不祥之氣，魔邪魍魎變異之象，並使制之，使萬殃兵災鬼精不泄，永保兆之無為矣〔註 116〕。（《無上三元鎮宅靈籙》）

按：鬼怪和精靈。《漢語大詞典》收錄的義項為：狡猾；精明。元秦簡夫《東堂老》第二折：「你便有那降魔咒，度人經，也出不的這廝們鬼精。」《漢語大詞典》，此詞缺失此義項，可據《元始五老赤書玉篇真文天書經》《無上三元鎮宅靈籙》增補，其首例應提前至中古法術類道經。

【考官】

> 無上三天玉司正法律曰：法師收弟子年償命米鎮信等，自入己身供於父子，而不為弟子建功立福者，罪準九都考官，名入三刑五劫律論〔註 117〕。（《無上三元鎮宅靈籙》）

〔註 114〕《正統道藏》洞真部（1 部）《元始五老赤書玉篇真文天書經》：3。

〔註 115〕《正統道藏》洞真部（1 部）《元始五老赤書玉篇真文天書經》：4。

〔註 116〕《正統道藏》洞神部（1 部）《無上三元鎮宅靈籙》：2。

〔註 117〕《正統道藏》洞神部（1 部）《無上三元鎮宅靈籙》：2。

按：按問；刑訊的官員。考，《後漢書・馬嚴傳》：「今益州刺史朱酺、揚州刺史倪說、涼州刺史尹業等，每行考事，輒有物故。」李賢注：「考，按也。」《晉書・忠義傳・周該》：「該乃與湘州從事周崎間出反命，俱為義所執，考之至死，竟不言其故。」《漢語大詞典》收錄的義項為：主持考試之官。唐韓愈《答侯繼書》：「尋知足下不得留僕，又為考官所辱。」《舊唐書・憲宗紀下》：「乃詔考官韋顗等三人祇考及第科目人，其餘吏部侍郎自定。」《漢語大詞典》，此詞缺失此義項，可據《無上三元鎮宅靈籙》增補，其首例應提前至中古法術類道經。

【刺事】

七真曰：封靈籙事出官章表刺事，並依付度治籙儀典也。此更無差別，唯改易章中小小回用〔註 118〕。（《無上三元鎮宅靈籙》）

按：「刺事」，是書寫事情的意思。刺，書寫。《釋名・釋書契》：「書稱刺書，以筆刺紙簡之上也。又曰到寫，寫此文也。畫姓名於奏上曰畫刺。」宋葉適《梁父吟》：「集后土之雍容兮，刺百聖之禮文。」

《漢語大詞典》收錄的義項是：打探事情。《明史・魏大中傳》：「文言者，歙人。初為縣吏，智巧任術，負俠氣。於玉立遣入京刺事，輸貲為監生，用計破齊、楚、浙三黨。」《漢語大詞典》，此詞缺失此義項，可據《無上三元鎮宅靈籙》增補，其首例應提前至中古法術類道經。

【猖亡】

變怪，妖異猖亡，客鬼招引群凶，恒為天人做諸禍祟者，則應依正法，齎命米命彩命素錢等，詣法師封於靈籙也〔註 119〕。（《無上三元鎮宅靈籙》）

按：肆意擾亂的意思。猖，肆意妄為。《玉篇・犬部》：「猖，狂駭也。」《漢語大詞典》收錄的義項為：猶蒼茫。《漢語大詞典》此詞缺失此義項，可據《無上三元鎮宅靈籙》增補，其首例應提前至中古法術類道經。

【案具】

逍曠虛寂，齋院神室，彌欲灑浄香嚴，衣服案具，最用精華，

〔註 118〕《正統道藏》洞神部（1 部）《無上三元鎮宅靈籙》：2。

〔註 119〕《正統道藏》洞神部（1 部）《無上三元鎮宅靈籙》：2。

進止威儀，不得差失〔註120〕。(《洞神八帝元變經》)

按：器具，坐息用具：《周禮・天官・掌次》：「王大旅上帝，則張氈案。」鄭玄注：「張氈案，以氈為床於幄中。」賈公彥疏：「案，謂床也。」幾桌：《漢語大詞典》收錄的義項為：指據以定案或定罪的文字材料。《漢語大詞典》，此詞缺失此義項，可據《洞神八帝元變經》增補，其首例應提前至中古法術類道經。

【重犯】

重犯十過，天地弗赦，身死為驗，不可復改補者也〔註121〕。(《上清太一金闕玉璽金真記》)

按：重複、重疊；重複地犯戒、犯過。《易・坎》：「習坎，重險也。」孔穎達疏：「兩坎相重，謂之重險。」《漢語大詞典》收錄的義項為：犯嚴重罪行的人。《六部成語注解・刑部》：「重犯，身犯重罪之人也。」《漢語大詞典》，此詞缺失此義項，可據《上清太一金闕玉璽金真記》增補，其首例應提前至中古法術類道經。

【共相】

但欲作惡，不念行慈，背面異辭，共相規圖，萬人之中，無有一人慈求生道者乎〔註122〕。(《太上正一咒鬼經》)

無上三天玉司正法律曰：十方天人弟子封靈籙之後，不得共相合進〔註123〕。(《無上三元鎮宅靈籙》)

按：相互的意思，《漢語大詞典》收錄此詞義項為：1.「佛教名詞。與自相（不共相）相對，謂幾種事物的共通相，即不侷限於一法之自體。如色、受等有為法共有無常性，故以無常相為共相（色、受等自體各異，色以質礙為自相，受以領納為自相）。」〔註124〕「《俱舍論》卷二三：『一切有為皆非常

〔註120〕《正統道藏》正一部（4部）《洞神八帝元變經》：3。

〔註121〕《正統道藏》洞玄部（1部）《金闕玉璽金真紀》：2。

〔註122〕《正統道藏》正一部（4部）《太上正一咒鬼經》：2。

〔註123〕《正統道藏》洞神部（1部）《無上三元鎮宅靈籙》：3。

〔註124〕羅竹鳳，漢語大詞典〔M〕，上海：漢語大詞典出版社，1997：776。

性，一切有漏皆是苦性，及一切法空非我性，名為共相。』」〔註 125〕2. 「拉丁文 universality 的意譯。西歐中世紀經院哲學常用名詞，意即一般。」〔註 126〕《漢語大詞典》，此詞缺失此義項，可據《太上正一咒鬼經》《無上三元鎮宅靈籙》增補，其首例應提前至中古法術類道經。

【黃木】

黃帝招靈致真攝魔之符，以朱書黃木簡上〔註 127〕。(《上清金真玉光八景飛經》)

按：黃楊木。《漢語大詞典》收錄的義項為：地名。在廣州東南海中。有時借指南海邊遠地區。唐韓愈《南海神廟碑》：「因其故廟，易而新之，在今廣州治之東南海道八十里，扶胥之口，黃木之灣。」《漢語大詞典》，此詞缺失此義項，可據《上清金真玉光八景飛經》增補，其首例應提前至中古法術類道經。

【珠林】

頭戴暉精月光，治天玉國珠林七寶瓊臺，左右侍真玉女七萬人〔註 128〕。(《洞真太上太霄琅書》)

按：珠寶構成的森林，《漢語大詞典》收錄的義項為：1. 林木的美稱。唐陳去疾《憶山中》詩：「珠林餘露氣，乳竇滴香泉。」2. 指佛寺。唐牟融《題山房壁》詩：「珠林春寂寂，寶地夜沉沉。」3. 指士林。《漢語大詞典》，此詞缺失此義項，可據《洞真太上太霄琅書》增補，其首例應提前至中古法術類道經。

【珠宮】

第四寂然天王，姓浮諱槃頹衣七色龍文通光之裘，頭戴陰精夜光，治天珠宮瓊臺之上，左右侍真玉女六萬人〔註 129〕。(《洞真太上太霄琅書》)

按：珠寶建成的宮殿，《漢語大詞典》所收錄的義項為：1. 龍宮。唐杜

〔註 125〕胡偉，《鼻奈耶》詞彙研究〔D〕:〔碩士學位論文〕，長沙：湖南師範大學，2012。

〔註 126〕羅竹鳳，漢語大詞典〔M〕，上海：漢語大詞典出版社，1997：776。

〔註 127〕《正統道藏》正一部（4 部）《上清金真玉光八景飛經》: 2。

〔註 128〕《正統道藏》上清經部（1 部）《洞真太上太霄琅書》: 4。

〔註 129〕《正統道藏》上清經部（1 部）《洞真太上太霄琅書》: 4。

甫《太子張舍人遺織成褥段》詩：「煌煌珠宮物，寢處禍所嬰。」浦起龍心解：「趙曰：珠宮言龍宮。」2. 指道院或佛寺。唐殷堯恭《中元觀道流步虛》詩：「玉洞花長發，珠宮月最明。」《漢語大詞典》，此詞缺失此義項，可據《洞真太上太霄琅書》增補，其首例應提前至中古法術類道經。

【玉髓】

> 若有玄圖帝簡，綠字紫書，金骨玉髓，名書青宮，九天自當遣四極真人，下授兆身瓊文帝章也〔註130〕。(《洞真太上太霄琅書》)

按：如玉的脊髓，道家修煉達到的一種成仙般的程度。《漢語大詞典》收錄的義項為：1. 即玉膏。道家謂服之可成仙。唐皮日休《以毛公泉一瓶獻上諫議》詩：「澄如玉髓潔，汎若金精鮮；顏色半帶乳，氣味全和鉛。」2. 潔白如玉的脂髓。元湯式《沉醉東風·江村即事》曲：「鳌烹玉髓肥，儈切銀絲細。」3. 香名。唐蘇鶚《杜陽雜編》卷下：「上迎佛骨入內道場，即設金花帳、溫清床、龍鱗之席、鳳毛之褥，焚玉髓之香，薦瓊膏之乳，皆九年訶陵國所貢獻也。」4.喻美酒。《漢語大詞典》，此詞缺失此義項，可據《洞真太上太霄琅書》增補，其首例應提前至中古法術類道經。

【真神】

> 存念真神，便誦太霄琅書瓊文之章九篇一遍，以慶霄庭，神歡寂室，靈感九玄〔註131〕。(《洞真太上太霄琅書》)

按：神仙，真仙，《漢語大詞典》收錄的義項為：上帝，天帝。太平天國洪秀全創立「拜上帝會」稱上帝為真神。《漢語大詞典》，此詞缺失此義項，可據《洞真太上太霄琅書》增補，其首例應提前至中古法術類道經。

【正教】

> 且正教實猶慈母，念念於赤子，亦如良醫之治病，豈願之而不有效也〔註132〕。(《無上三元鎮宅靈籙》)

按：「正道則正法，正法則正教，正教則正覺」。正確的道、法、教一脈

〔註130〕《正統道藏》上清經部（1部）《洞真太上太宵琅書》：4。

〔註131〕《正統道藏》上清經部（1部）《洞真太上太宵琅書》：4。

〔註132〕《正統道藏》洞神部（1部）《無上三元鎮宅靈籙》：3。

貫之的，即正確教義。《漢語大詞典》收錄的義項為：「1. 政教。漢班固《白虎通・文質》：『王者始立，諸侯皆見，何當受法稟正教也。』唐白居易《春雷》詩：『我觀聖人意，魯史有其說：或記水不冰，或書霜不殺。上將儆正教，下以防災孽。』2. 也稱東正教。基督教的一派，與天主教、新教並稱為基督教三大派別。」〔註 133〕《漢語大詞典》，此詞缺失此義項，可據《無上三元鎮宅靈籙》增補，其首例應提前至中古法術類道經。

【三色】

手握三天三色神金制魔三煞靈節，乘防非之獸〔註 134〕。（《無上三元鎮宅靈籙》）

按：三種顏色的意思。「三天三色，三天時道教稱清微天、禹餘天、大赤天為三天。《漢武帝內傳》：『是三天上元之官，統領十萬。』《海內十洲記・方丈洲》：『方丈洲在東海中心……有金玉琉璃之宮，三天司命所治之處。』」〔註 135〕《雲笈七籤》卷八：「三天者，清微天、禹餘天、大赤天是也。」《漢語大詞典》收錄的義項為：指骰子，賭具。擲骰子時一般用三枚，故稱。《漢語大詞典》，此詞缺失此義項，可據《無上三元鎮宅靈籙》增補，其首例應提前至中古法術類道經。

【空生】

六者靈風百詠，空生十方，宮商相和，皆成洞章。」「十二者七寶奇林，一時空生光明〔註 136〕。（《元始五老赤書玉篇真文天書經》）

按：虛空中生成的意思，《漢語大詞典》收錄的義項為：須菩提的別稱。釋迦牟尼十大弟子之一，善解真空之義。宋陳師道《送法寶禪師》詩：「初聞飲光笑，復做空生瘦。」《漢語大詞典》，此詞缺失此義項，可據《元始五老赤書玉篇真文天書經》增補，其首例應提前至中古法術類道經。

〔註 133〕陳戈，《東西洋考每月統記傳》新詞研究〔D〕：〔碩士學位論文〕，杭州：浙江大學，2013。

〔註 134〕《正統道藏》洞神部（1 部）《無上三元鎮宅靈籙》：3。

〔註 135〕羅竹鳳，漢語大詞典〔M〕，上海：漢語大詞典出版社，1997：96。

〔註 136〕《正統道藏》洞真部（1 部）《元始五老赤書玉篇真文天書經》：3。

【人眼】

置燈在術人鋪南壁下，燈炷小大如箸細頭，又以絹籠之，才使朏亹，類似白夜，不假分明，即鬼神不安，暗即人眼不見〔註 137〕。（《洞神八帝元變經》）

按：人的眼睛，《漢語大詞典》收錄的義項為：指能看到自己的人。明馮夢龍《掛枝兒・私窺》：「欲要摟抱你，只為人眼多。」《漢語大詞典》，此詞缺失此義項，可據《洞神八帝元變經》增補，其首例應提前至中古法術類道經。

【百毒】

以持驅除十方五方天地妖精鬼疫瘟災，百毒凶害不祥之氣，魔邪魍魎變異之象，並使制之，使萬殃兵災鬼精不泄，永保兆之無為矣〔註 138〕。（《無上三元鎮宅靈籙》）

按：形容許多毒害的意思。《漢語大詞典》指各種藥物。唐韓愈《譴瘧鬼》詩：「醫師加百毒，薰灌無停機。」《漢語大詞典》，此詞缺失此義項，可據《無上三元鎮宅靈籙》增補，其首例應提前至中古法術類道經。

【都官】

有犯者，準罪九幽都官三刑律論〔註 139〕。（《無上三元鎮宅靈籙》）

按：都城、都邑的官員的意思。《漢語大詞典》收錄的義項為：隋唐時指刑部尚書。唐楊炯《遂州長江縣先聖孔子廟堂碑》：「符偉明以都官謝職，逢有道而相推；趙元淑以郡吏從班，見司徒而不拜。」《漢語大詞典》，此詞缺失此義項，可據《無上三元鎮宅靈籙》增補，其首例應提前至中古法術類道經。

【神使】

太素玉籙者，玉晨君所修，五帝神使秘於素靈上宮大有之房，得者飛行太空〔註 140〕。（《洞真太上太素玉籙》）

〔註 137〕《正統道藏》正一部（4 部）《洞神八帝元變經》：5。

〔註 138〕《正統道藏》洞神部（1 部）《無上三元鎮宅靈籙》：3。

〔註 139〕《正統道藏》洞神部（1 部）《無上三元鎮宅靈籙》：4。

〔註 140〕《正統道藏》正一部（4 部）《洞真太上太素玉籙》：2。

按：神官、仙使。《漢語大詞典》收錄的義項為：原為《聖經》中天使（Angel 安琪兒）的意譯。太平天國洪秀全《原道覺世訓》：「皇上帝當初六日造成天地山海人物，已設有其神使千千萬萬，在天上任其派遣。」《漢語大詞典》，此詞缺失此義項，可據《洞真太上太素玉籙》增補，其首例應提前至中古法術類道經。

（二）道教特色詞

【命素】

按：白絹、白紙等法事用品。「變怪，妖異猖亡，客鬼招引群凶，恒為天人做諸禍祟者，則應依正法，齎命米命彩命素錢等，詣法師封於靈籙也。」〔註 141〕（《無上三元鎮宅靈籙》）

《漢語大詞典》收錄的是相近義項：展紙作畫寫作。「素」，白絹，指紙。南朝陳姚最《續畫品・蕭賁》：「含毫命素，動必依真。」《漢語大詞典》，此詞缺失此義項，可據《無上三元鎮宅靈籙》增補，其首例應提前至中古法術類道經。

【六庚】

> 六甲將軍六丁之神斬殺野道，不得近人，天師神咒，急急如律令〔註 142〕。（《太上正一咒鬼經》）

按：「庚」，天干的第七位，這裡指六庚之神。《漢語大詞典》收有此詞義項為：傳說主災害的神獸名。明楊慎《藝林伐山・六庚》：「六庚為白獸，在上為客星，在下為害氣。」《漢語大詞典》：此詞缺失此義項，可據《太上正一咒鬼經》增補，其首例應提前至中古法術類道經。

【太冥】

> 煥赫鬱乎太冥，飛香繞日，流電激精，華光交灑，神燭合明〔註 143〕。（《上清金真玉光八景飛經》）

按：空靈、冥妙之神境。《漢語大詞典》收錄的義項為：謂北方。《文選》

〔註 141〕《正統道藏》洞神部（1 部）《無上三元鎮宅靈籙》：3。

〔註 142〕《正統道藏》正一部（4 部）《太上正一咒鬼經》：3。

〔註 143〕《正統道藏》正一部（4 部）《上清金真玉光八景飛經》：4。

張協《七命》:「寒山之桐，出自太冥。」李善注:「北方極陰，故曰太冥。」《漢語大詞典》，此詞缺失此義項，可據《上清金真玉光八景飛經》增補，其首例應提前至中古法術類道經。

【四明】

得者保秘，慎如四明〔註 144〕。(《上清金真玉光八景飛經》)

按：日月星辰，《漢語大詞典》收錄的義項為：山名。在浙江省寧波市西南。自天台山發脈，綿亙於奉化、慈谿、餘姚、上虞、嵊縣等縣境。道書以為第九洞天，又名丹山赤水洞天。凡二百八十二峰。相傳群峰之中，上有方石，四面如窗，中通日月星辰之光，故稱四明山。《漢語大詞典》，此詞缺失此義項，可據《上清金真玉光八景飛經》增補，其首例應提前至中古法術類道經。

【青宮】

依盟啟受於二君，使各封一通於金闕上宮、方諸青宮〔註 145〕。(《上清金真玉光八景飛經》)

按：紀念「主宰青色之神的寺廟宮殿，如泰山玉皇頂的『青宮祠』。因東方屬木，於色為青，於季節為春，所以人們把主宰青色之神稱為青帝，故青宮即青帝所在之宮，位於泰山玉皇頂有青宮祠，即此」。〔註 146〕其他地方也有類似的祭祀場所。

《漢語大詞典》收錄的義項為：太子居東宮。東方屬木，於色為青，故稱太子所居為青宮。隋于仲文《侍宴東宮應令》詩:「青宮列紺幰，紫陌結朱輪。」唐白居易《寄楊六》詩:「青宮官冷靜，赤縣事繁劇。」《漢語大詞典》，此詞缺失此義項，可據《上清金真玉光八景飛經》增補，其首例應提前至中古法術類道經。

【空玄】

積七千餘劫，其文甚明，仰著空玄之上，太虛之中，覽亦不測，

〔註 144〕《正統道藏》正一部（4 部）《上清金真玉光八景飛經》: 5。

〔註 145〕《正統道藏》正一部（4 部）《上清金真玉光八景飛經》: 5。

〔註 146〕羅竹鳳，漢語大詞典〔M〕，上海：漢語大詞典出版社，1997：6731。

毀亦不亡，煥赫洞耀，徹照十天〔註147〕。（《上清金真玉光八景飛經》）

按：空玄仙境。《漢語大詞典》收錄的義項為：猶幻想。《漢語大詞典》，此詞缺失此義項，可據《上清金真玉光八景飛經》增補，其首例應提前至中古法術類道經（《漢語大詞典》用例為李大釗《今》）。

【四元】

此四元豁落太白星精符。兆欲行道求仙，當以雌黃書白素，佩身〔註148〕。（《上清金真玉光八景飛經》）

按：四天，《廣雅釋言》：「元，天也。」《漢語大詞典》收錄的義項為：數學名詞。元朱世傑《四元玉鑒》以天、地、人、物代四個未知數。相當於現代代數的多元式。《漢語大詞典》，此詞缺失此義項，可據《上清金真玉光八景飛經》增補，其首例應提前至中古法術類道經。

【明皇】

明皇啟路，三道合明，流電揚精，逸駕九玄〔註149〕。（《洞真太上太霄琅書》）

按：仙皇，《漢語大詞典》收錄的義項為：唐玄宗（李隆基）謚至道大聖大明孝皇帝。後世詩文多稱為明皇。唐薛逢《金城宮》詩：「憶昔明皇初御天，玉輿頻此駐神仙。」《漢語大詞典》，此詞缺失此義項，可據《洞真太上太霄琅書》增補，其首例應提前至中古法術類道經。

【玉宮】

通暢九霄，整結上玄，令玉宮駭聽，萬真臨軒，群魔伏袂，萬試敢前，隨意所修，乃得道真〔註150〕。（《洞真太上太霄琅書》）

按：天上神境的宮殿。《漢語大詞典》所收錄的義項為：月宮。唐李賀《天上謠》：「玉宮桂樹花未落，仙妾採香垂珮纓。」唐陳陶《殿前生桂樹》詩：「仙娥玉宮秋夜明，桂枝拂欖參差瓊。」《漢語大詞典》，此詞缺失此義項，可據

〔註147〕《正統道藏》正一部（4部）《上清金真玉光八景飛經》：5。

〔註148〕《正統道藏》正一部（4部）《上清金真玉光八景飛經》：5。

〔註149〕《正統道藏》上清經部（1部）《洞真太上太宵琅書》：4。

〔註150〕《正統道藏》上清經部（1部）《洞真太上太宵琅書》：4。

《洞真太上太霄琅書》增補，其首例應提前至中古法術類道經。

【命彩】

變怪，妖異猖亡，客鬼招引群凶，恒為天人做諸禍祟者，則應依正法，齎命米命彩命素錢等，詣法師封於靈籙也〔註 151〕。(《無上三元鎮宅靈籙》)

按：彩帛、彩色飾物。《隋書・音樂志中》：「車輅垂彩，旒袞騰輝。」《漢語大詞典》收錄的義項為：猶好運。元無名氏《來生債》第三折：「這便是風送王勃赴洪都的命彩。」《漢語大詞典》，此詞缺失此義項，可據《無上三元鎮宅靈籙》增補，其首例應提前至中古法術類道經。

【皇宮】

太極有九名，一日太清，二日太極，三日太微，四日紫房，五日玄室，六日帝堂，七日天府，八日皇官，九日天京玄都〔註 152〕。(《洞真太上太素玉籙》)

按：仙人居住的宮殿、空間。《漢語大詞典》收錄的義項為：皇帝居住之所。元馬致遠《青衫淚》第二折：「侍郎呵！你往常出入在皇宮內院，只合生死在京師帝輦，也落得金水河邊好墓田。」《漢語大詞典》，此詞缺失此義項，可據《洞真太上太素玉籙》增補，首例應提前至中古法術類道經。

【天京】

太極有九名，一日太清，二日太極，三日太微，四日紫房，五日玄室，六日帝堂，七日天府，八日皇官，九日天京玄都〔註 153〕。(《洞真太上太素玉籙》)

按：仙人居住的都城、空間。《漢語大詞典》收錄的義項為：1. 謂京都。唐李白《自梁園至敬亭山見會公談陵陽山水兼期同遊》詩：「粲粲吳與史，衣冠耀天京。」2. 太平天國定都南京，改南京為天京。《漢語大詞典》，此詞缺失此義項，可據《洞真太上太素玉籙》增補，其首例應提前至中古法術類道經。

〔註 151〕《正統道藏》洞神部（1 部）《無上三元鎮宅靈籙》：5。

〔註 152〕《正統道藏》正一部（4 部）《洞真太上太素玉籙》：2。

〔註 153〕《正統道藏》正一部（4 部）《洞真太上太素玉籙》：2。

【明石】

其精始生，上號明石七炁之天，中為太白，下為華陰山。」「大哉靈寶，明石長生，由七炁之娛〔註154〕。（《元始五老赤書玉篇真文天書經》）

按：如日月星光般明亮的石頭，以指代太陽。光明；明亮。《漢語大詞典》收錄的義項為：即明礬。參見明礬，無機化合物，硫酸鉀和硫酸鋁的含水複鹽，無色透明的結晶。水溶液有澀味。供製皮革、造紙等用，又可做媒染劑，醫藥上可做收斂劑。通常用來使水澄清。明沈榜《宛署雜記·經費下》：「鑄王府並諸司印信，每次用木炭二百五十斤……明礬一斤。」《漢語大詞典》，此詞缺失此義項，可據《元始五老赤書玉篇真文天書經》增補，其首例應提前至中古法術類道經。

四、補充《漢語大詞典》失收的複音詞中的新義

中古法術類道經複音詞出現的新詞義，可以補充《漢語大詞典》失收的義項，這裡僅舉4例。

【官章】

七真曰：封靈籙事出官章表刺事，並依付度治籙儀典也。此更無差別，唯改易章中小小回用〔註155〕。（《無上三元鎮宅靈籙》）

按：這裡的意思官章、表德，一般用於宗譜，官章指的是名；表德指的是字。在宗譜中有輩分之分，古代一般直接就以官章所定之字來命名；現代人取名較為隨意，不按古代的章法，所以在宗譜中還會有相應輩分的名。《漢語大詞典》收錄的義項為：尊稱他人的姓名。閩劇《煉印》：「楊傅（唱）『據你講這門第歷代有官銜，太老爺做濟南道已經很難，巡按是難上難，這門第不平凡，你老爺官章年紀再談一談。』」《漢語大詞典》，此詞釋義不確切，故可據《無上三元鎮宅靈籙》補充該詞義。

【下部】

無上三天玉司正法律曰：下部三將軍，形長三千二百丈，身相

〔註154〕《正統道藏》洞真部（1部）《元始五老赤書玉篇真文天書經》：4。

〔註155〕《正統道藏》洞神部（1部）《無上三元鎮宅靈籙》：4。

同一相似也〔註156〕。(《無上三元鎮宅靈籙》)

按：這裡的下部是指整體部隊的下一部分。部伍，部隊。《墨子·號令》：「城上吏卒養，皆為捨道內，各當其隔部。」孫詒讓閒詁：「《太白陰經》：『司馬穰苴云：五人為伍，二伍為部。』部，隊也。」《文選》揚雄《羽獵賦》：「移圍徙陣，浸淫蹙部。」李善注：「部，軍之部伍也。」南朝梁任昉《宣德皇后令》：「乃擁旄司部，代馬不敢南牧。」

《漢語大詞典》收錄的義項為：1. 謂物體在下的部分。如：古碑的下部已斷裂，且有缺損。2. 人體的下半部。《百喻經·倒灌喻》：「昔有一人，患下部病，醫言當需倒灌乃可瘥耳。」《漢語大詞典》，此詞釋義不確切，故可據《無上三元鎮宅靈籙》補充整體部隊的下一部分詞義。

【奏言】

當一依付度玄籙章儀典次序，以奏言表事也〔註157〕。(《無上三元鎮宅靈籙》)

按：此處為向上天神仙陳述。《漢語大詞典》收錄義項為：向皇帝陳述。《漢書·魏相傳》：「御史大夫朝錯時為太子家令，奏言其狀。」《東觀漢記·明帝紀》：「長水校尉樊儵奏言：『先帝大業當以時施行。』」《漢語大詞典》，此詞釋義不確切，故可據《無上三元鎮宅靈籙》補充該詞義。

【生道】

萬人之中，無有一人慾求生道者乎〔註158〕。(《太上正一咒鬼經》)

按：這裡是指升起道心，修行求道。《漢語大詞典》是這樣解釋的：1. 使民生存之道。《孟子·盡心上》：「以生道殺民，雖死不怨殺者。」晉郤詵《賢良策對》：「以生道殺之者，雖死不貳；以逸道勞之者，雖勤不怨。」2. 生長在道路上。唐盧照鄰《秋霖賦》：「青苔被壁，綠萍生道。」這是漢語大詞典中沒有收入的義項，補充了新的義項。

〔註156〕《正統道藏》洞神部（1部）《無上三元鎮宅靈籙》：4。

〔註157〕《正統道藏》洞神部（1部）《無上三元鎮宅靈籙》：5。

〔註158〕《正統道藏》正一部（4部）《太上正一咒鬼經》：3。

第五章　中古法術類道經複音詞中新詞新義產生的途徑

當社會的發展需要用詞彙對新事物進行表述時，詞彙的發展是以新詞、新義的產生為主要手段的。新詞的產生方法則屬於造詞法問題。

無論是原生成詞還是凝固成詞，其新詞新義產生都是複音詞成詞的基礎。

第一節　創造新詞

中古法術類道經複音詞新詞產生的主要方式是仿照原有詞素類推造詞、通過同義（近義）詞素結合造詞、通過同義（近義）詞素替換造詞、通過同詞素倒序造詞。

一、仿照原有詞素造詞

在造詞法中，使用越來越廣泛的方法就是仿詞，因為下位概念的成批增加，使得造詞活動也只能採取「量」生產這種簡便可行的辦法。在原有詞語基礎上，仿照其構詞方式，通過相關詞素替換而創造新詞，並表達新的詞義。

【正教】

且正教實猶慈母，念念於赤子，亦如良醫之治病，豈願之而不

有效也〔註1〕。(《無上三元鎮宅靈籙》)

按:「正教」,這裡是指「正道則正法,正法則正教,正教則正覺」。正確的道、法、教一脈貫之的,即正確教義。

《漢語大詞典》收錄的義項為:「政教」,漢班固《白虎通‧文質》:「王者始立,諸侯皆見,何當受法稟正教也。」唐白居易《春雷》詩:「我觀聖人意,魯史有其說:或記水不冰,或書霜不殺。上將儆正教,下以防災孽。」宋蘇舜欽《上孔待制書》:「是天以明粹精剛之氣,鍾於閣下,將令紹述正教而衍大之。」為中古法術類道經的新詞。

已經出現過的詞「正法」指的是公正的法度。《管子‧版法》:「正法直度,罪殺不赦,殺僇必信,民畏而懼。」《淮南子‧兵略訓》:「立正法,塞邪隧。」《荀子‧儒效》:「其言行已有大法矣,然而明不能齊法教之所不及、聞見之所未至,則知不能類也。」三國魏何夔《制新科下州郡上言》:「其民間小事,使長吏臨時隨宜,上不背正法,下以順百姓之心。」「法」與「教」同義,法教,指的是法制教化。《史記‧李斯列傳》:「今陛下並有天下,別白黑而定一尊;而私學乃相與非法教之制。」《三國志‧魏志‧王朗傳》:「顯至尊,務戒慎,垂法教也。」兩個詞中的法、教都有「法制教化」之義,意義相近,所以「正教」可以看成是仿照「正法」類推、同義推演而出的新詞,是人們同類類推思維的反映。

【左次】

畢仍存青帝夫人,從月光中來;在我之左次,存赤帝夫人〔註2〕。

(《上清太一金闕玉璽金真記》)

按:這裡的「左次」是指在左次序、順序。「次」,是次序、順序。

「左次」《漢語大詞典》收錄的義項為:1. 謂駐紮在高險之地。《易‧師》:「師左次,无咎。」孔穎達疏:「師在高險之左以次止,則無凶咎也。」一說,謂退止。尚秉和注:「次,舍也。震為左,故曰左次。古人尚右,左次則退也。」此詞為中古法術類道經中的新義。

已出現詞「左方」,指左面;後面。《史記‧匈奴列傳》:「左方兵直雲中,

〔註1〕《正統道藏》洞神部(1部)《無上三元鎮宅靈籙》:5。

〔註2〕《正統道藏》洞玄部(1部)《金闕玉璽金真紀》:2。

右方直酒泉敦煌郡。」《史記・龜策列傳褚少孫論》:「謹連其事於左方，令好事者觀擇其中焉。」《新唐書・忠義傳序》:「故次敘夏侯端以來凡三十三人於左方。」類推兩個詞中的「方」與「次」同義，都有面、邊之義，意義相近，所以，「左次」可以看成是仿照「左方」類推而出的新詞，是人們同類類推思維的反映。

二、通過近義詞素結合造詞

將兩個近義詞素結合在一起創造出新的詞。

【遮藏】

> 羌胡鬼，蠻夷鬼，忌誕鬼，蟲撩鬼，精神鬼，百蟲鬼，井灶池澤鬼，萬道鬼，遮藏鬼，不神鬼，詐稱鬼〔註3〕。(《太上正一咒鬼經》)

按:「遮藏」:動詞聯合式，遮蔽掩藏，使不外露。唐鄭谷《中臺五題・牡丹》詩:「卻得蓬蒿力，遮藏見太平。」宋范成大《霜後紀園中草木》詩:「遮藏茉莉檻，纏裹芭蕉身。」

《漢語大詞典》引唐鄭谷《中臺五題・牡丹》為最早書證，時代較晚。為中古法術類道經中的新詞。「遮」，遏止;阻攔。《易・繫辭上》:「顯諸仁，藏諸用，鼓萬物而不與聖人同憂。」《呂氏春秋・應同》:「子不遮乎親，臣不遮乎君。」高誘注:「遮，後遏也。」

隱藏;潛匿。「遮」與「藏」為同義並列結合造詞。

【元始】

> 九天丈人受太空靈都金真玉光於元始天王，名之八景飛經〔註4〕。(《上清金真玉光八景飛經》)

按:這裡的元始，起始。南朝梁蕭統《〈文選〉序》:「式觀元始，眇覿玄風。」《隋書・律曆志中》:「四象既陳，八卦成列，此乃造文之元始，創曆之厥初者歟?」

《漢語大詞典》引南朝梁蕭統《〈文選〉序》為最早書證，時代較晚，為中古法術類道經中的新詞。

〔註3〕《正統道藏》正一部(4部)《太上正一咒鬼經》:3。

〔註4〕《正統道藏》正一部(4部)《上清金真玉光八景飛經》:5。

「元」：開始；起端。《易・乾》：「乾，元亨利貞。」「始」：開始；開端。與終相對。《易・乾》：「大哉乾元，萬物資始。」「元」與「始」為同義並列結合造詞。

【搜採】

二炁離合，理物有期，承唐之世，陽九放災，翦除凶勃，搜採上賢〔註5〕。(《上清金真玉光八景飛經》)

按：「搜採」，搜求採集。《宋書・志序》：「其有漏闕，及何氏後事，備加搜採，隨就補綴焉。」《宋書・後廢帝紀》：「興言多士，常想得人。可普下牧守，廣加搜採。」唐封演《封氏聞見記・文字》：「許慎特加搜採，九千之文始備。」

《漢語大詞典》引唐封演《封氏聞見記・文字》為最早書證，時代較晚，為中古法術類道經中的新詞。

原有詞：「採集」，猶收集；搜羅。漢劉歆《與揚雄書》：「屬聞子雲獨採集先代絕言，異國殊語，以為十五卷。」「搜」與「採」相近詞素結合成詞。

【崇奉】

心存神真玉光紫炁，滿於齋堂之中，躬禮崇奉〔註6〕。(《上清金真玉光八景飛經》)

按：「崇奉」：尊崇，信仰。南朝梁陶弘景《真誥・翼真檢一》：「王既獨擅新奇，舉世崇奉，遂託云真授，非復先本許見。」唐孟棨《本事詩・嘲戲》：「中宗朝，御史大夫裴談崇奉釋氏。」

《漢語大詞典》引南朝梁陶弘景《真誥・翼真檢一》為最早書證，時代較晚。崇：尊崇，推重。《詩・周頌・烈文》：「無封靡於爾邦，維王其崇之。」《漢書・郊祀志下》：「莽遂崇鬼神淫祀。」奉：擁戴。唐劉知幾《史通・疑古》：「觀近古，有奸雄奮發，自號勤王，或廢父而立其子，或黜兄而奉其弟。」「崇」與「奉」相近詞素結合成詞。

【拔度】

八道望玄霞，七轉緯天經。混合帝一真，拔度七祖程〔註7〕。

〔註5〕《正統道藏》正一部（4部）《上清金真玉光八景飛經》：5。

〔註6〕《正統道藏》正一部（4部）《上清金真玉光八景飛經》：5。

〔註7〕《正統道藏》正一部（4部）《上清金真玉光八景飛經》：5。

（《上清金真玉光八景飛經》）

按：「拔度」亦作拔渡。超度；拯救。

《漢語大詞典》宋洪邁《夷堅丁志・詹小哥》：「母兄失聲哭，亟呼僧誦經拔度，無復望其歸。」引宋洪邁《夷堅丁志・詹小哥》為最早書證，時代較晚。

拔：拯救；解救。《史記・孟嘗君列傳》：「始孟嘗君列此二人與賓客，賓客盡羞之，及孟嘗君有秦難，此二人拔之。」《後漢書・呂布傳》：「與暹奉書曰：『二將軍親拔大駕，而布手殺董卓，俱立功名，當垂竹帛。』」「度」，同渡，引申為由此地、此時轉移到彼地、彼時。漢張衡《思玄賦》：「願得遠渡以自娛，上下無常窮六區。」「拔」與「度」相近詞素結合成詞。

【鬼魔】

其下三十二字，書東桑司靈之館，主攝鬼魔〔註8〕。（《元始五老赤書玉篇真文天書經》）

按：「鬼魔」：魔鬼。

《漢語大詞典》引王西彥《眷戀土地的人・大災星》書證，時代較晚，屬於中古法術類道經中的新詞。

「魔」：「梵文音譯，魔的略稱。佛教把一切擾亂身心，破壞行善者和一切妨礙修行的心理活動均稱作魔。印度古代神話傳說欲界第六天之主波旬為魔王，常率眾魔破壞行善。」〔註9〕《大智度論》卷五：「問曰：『何以名魔？』答曰：『奪慧命、壞道法功德善本，是故名為魔。』」「鬼」：萬物的精靈；鬼怪。《詩・小雅・何人斯》：「為鬼為蜮，則不可得。有靦面目，視人罔極。」「魔」與「鬼」相近詞素並列結合成詞。

【睡眠】

有佩靈寶玉文，乃可即得更生始分之中，正如睡眠之頃爾〔註10〕。（《元始五老赤書玉篇真文天書經》）

按：「睡眠」：睡覺。

〔註8〕《正統道藏》洞真部（1部）《元始五老赤書玉篇真文天書經》：5。

〔註9〕王微，莎士比亞勸婚十四行在中國——漢語文化語境下對三個譯本的比較研究〔J〕，湖南工程學院學報（社會科學版），2003（1）：3。

〔註10〕《正統道藏》洞真部（1部）《元始五老赤書玉篇真文天書經》：5。

《漢語大詞典》中《百喻經．小兒得歡喜丸喻》：「昔有一乳母，抱兒涉路，行道疲極，睡眠不覺。」唐李咸用《謝僧寄茶》詩：「空門少年初地堅，摘芳為藥除睡眠。」宋陸游《自閔》詩：「年光疾病占強半，日景睡眠居七分。」《漢語大詞典》引《百喻經．小兒得歡喜丸喻》（唐）書證，時代較晚，為中古法術類道經中的新詞。

「眠」：睡覺。《列子．周穆王》：「〔古莽之國〕其民不食不衣而多眠，五旬一覺。」《後漢書．第五倫傳》：「吾子有疾，雖不省視而竟夕不眠。」「睡」與「眠」同義並列結合成詞。

【豁朗】

乃龍眪空洞，鸞翔雲端，忽縱心而豁朗，無塵埃之是戀〔註11〕。（《元始五老赤書玉篇真文天書經》）

按：「豁朗」：豁達開朗。

《南史．謝哲傳》：「美風儀，舉止醞藉，襟情豁朗，為士君子所重。」《漢語大詞典》引《南史．謝哲傳》書證，時代較晚。

「豁」：豁達；大度。《文選》潘岳《西征賦〉》：「胸中豁其洞開，群善湊而必舉。」「豁」與「朗」近義詞素並列合成新詞。

【叨受】

朗秀三會，濯瀾上玄，流景冥華之都，抗志八圓之中，叨受開明之司，過蒙玄師之宗〔註12〕。（《元始五老赤書玉篇真文天書經》）

按：「叨受」：猶承受。自謙之詞。

《漢語大詞典》引明葉盛《水東日記．胡安忠自述三事》書證，時代較晚。

「叨」：貪。自謙為承受之意。《莊子．漁父》：「好經大事，變更易常，以掛功名，謂之叨。」《後漢書．盧植傳》：「豈橫叨天功以為己力乎！」「叨」與「受」近義詞素並列合成新詞。

三、通過同義詞素替換造詞

一般是將相同意義詞素替換來創造新詞。

〔註11〕《正統道藏》洞真部（1部）《元始五老赤書玉篇真文天書經》：5。

〔註12〕《正統道藏》洞真部（1部）《元始五老赤書玉篇真文天書經》：5。

【元臺】

> 《東方青帝靈寶赤書玉篇》，上二十四字，書九天元臺，主召九天上帝校神仙圖錄〔註13〕。(《元始五老赤書玉篇真文天書經》)

按：這裡的「元臺」是指天台。《廣雅釋言》「元，天也。」

《漢語大詞典》收錄的義項為：指三臺星中的上階二星。三臺六星兩兩而居。其上階二星，上星象徵天子，下星象徵女主；又稱天柱星，象徵三公之位。見《晉書·天文志》。故以元臺喻天子、女主或首輔。唐陳子昂《大周受命頌》：「符鳥之肇，開闢元臺，女希氏姓，神功大哉！」此喻女主。宋王明清《玉照新志》卷二：「〔湯思退〕後中詞科，賜出身，盡歷華要，位登元臺，震耀一時。」此喻首輔。

「元」，天之意，《廣雅·釋言》：「元，天也。」所以，「元臺」可以看作是由「元」替換「天」而產生的新詞。

【啖食】

> 出入無間，啖食百鬼數千萬人眾精，百邪不得妄前，天師神咒，急急如律令〔註14〕。(《太上正一咒鬼經》)

按：「啖食」，吃；吞食。

唐李白《古風》之一：「龍虎相啖食，兵戈逮狂秦。」《漢語大詞典》引唐李白《古風》為最早書證，時代較晚。

吞食：吞吃。不咀嚼而咽下。《後漢書·仲長統傳》：「屠裂天下，吞食生人。」「啖」，吞之意，所以，「啖食」可以看作是由「啖」替換「吞」而產生的新詞。

【掘窖】

> 穿井掘窖，填補塞孔，高下之功，立成之功，破殺之炁，悉以斬殺之，並收某家宅中五殘六賊〔註15〕。(《太上正一咒鬼經》)

按：「掘窖」猶掘藏。

〔註13〕《正統道藏》洞真部（1部）《元始五老赤書玉篇真文天書經》：5。

〔註14〕《正統道藏》正一部（4部）《太上正一咒鬼經》：1。

〔註15〕《正統道藏》正一部（4部）《太上正一咒鬼經》：1。

宋蘇軾《仇池筆記·盤遊飯穀董羹》:「江南人好作盤遊飯,鮓脯膾炙無不有,埋在飯中,里諺曰『掘得窖子』。羅浮穎老取凡飲食雜烹之,名『穀董羹』。」《漢語大詞典》引宋蘇軾《仇池筆記·盤遊飯穀董羹》為最早書證,時代較晚。

「掘藏」:發掘他人埋藏之物。謂得意外之財。《淮南子·人間訓》:「夫再實之木根必傷,掘藏之家必有殃。」高誘注:「謂發冢得伏藏,無功受財。」「窖」,藏之意,所以,「掘窖」可以看作是由「窖」替換「藏」而產生的新詞。

【洩露】

> 修行其道,道無不降,仙無不成,洩露宣傳,妄與非真,道則遠也,禍滅兆身〔註16〕。(《上清金真玉光八景飛經》)

按:「洩露」,不應該讓人知道的事情讓人知道了。

《宋書·二凶傳·元兇劭》:「道育輒云:『自上天陳請,必不洩露。』」唐裴鉶《傳奇·蕭曠》:「其於幽微,不敢洩露,恐為上天譴謫雨。」《漢語大詞典》引《宋書·二凶傳·元兇劭》為最早書證,時代較晚,為中古法術類道經新詞。

已出現的詞「洩漏」:洩露(機密、秘密)。《三國志·吳志·周魴傳》:「魴建此計,任之於天,若其濟也,則有生全之福;邂逅洩漏,則受夷滅之禍。」「洩露」是替換「洩漏」而產生的新詞。

【交並】

> 九天有命,普告萬靈,三代相推,五炁交並,五帝顯駕,控轡霄庭,施布正法,收魔束精〔註17〕。(《上清金真玉光八景飛經》)

按:交並,交集。

南朝梁簡文帝《答新渝侯和詩書》:「手持口誦,喜荷交並也。」宋蘇軾《謝對衣金帶馬銕》:「拜恩俯僂,流汗交並。」《漢語大詞典》引南朝梁簡文帝《答新渝侯和詩書》為最早書證,時代較晚。

已經出現過的詞:「交集」;指不同的事物、感情聚集或交織在一起。《韓

〔註16〕《正統道藏》正一部(4部)《上清金真玉光八景飛經》:5。

〔註17〕《正統道藏》正一部(4部)《上清金真玉光八景飛經》:5。

非子・初見秦》:「軍乃引而退復，並於李下，大王又並軍而至。」漢劉向《九歎・憂苦》:「涕流交集兮，泣下漣漣。」合併；聚合。《漢書・董仲舒傳》:「科別其條，勿猥勿並。」「交並」替換「交集」而產生的新詞。

【反善】

> 黃帝鬼魔遠捨十二萬里，中央凶勃惡獸毒螫皆不生害心，反善仁人〔註18〕。(《元始五老赤書玉篇真文天書經》)

按：這裡是反而有利於、有善於的意思。

《漢語大詞典》收錄的義項為：「反善」，迴心向善。《三國志・魏志・何夔傳》:「承（管承）等非生而樂亂也，習於亂，不能自還，未被德教，故不知反善。」

已經出現過詞彙:「返善」:猶言迴心向善。晉常璩《華陽國志・南中志》:「夷徼厭亂，漸亦返善。」「反」與「返」同音近義。雖然「返」在《漢語大詞典》中有一義位反。「返」:猶反、反而。《北齊書・清河王勱傳》:「王，國家姻婭，須同疾惡，返為此言，豈所望乎？」但是屬於後代出現義項，在東晉時期屬於兩個詞素，所以「反善」可以看作是由「反善」替換「返善」而產生的新詞。

【科律】

> 其日有奉修齋直，不犯科律，三官除罪〔註19〕。(《元始五老赤書玉篇真文天書經》)

按:「科律」:法令；法律。

《南史・薛安都傳》:「卿為朝廷勳臣，云何放恣，輒於都邑殺人，非唯科律所不容，主上亦無辭相宥。」《漢語大詞典》引《南史・薛安都傳》(唐)書證，時代較晚，為中古法術類道經中的新詞。

「科法」一詞出現較早，法令；宗教戒律。《三國志・魏志・明帝紀》「諸葛亮圍陳倉。」裴松之注引三國魏魚豢《魏略》:「亮圍陳倉，使昭鄉人靳詳於城外遙說之，昭於樓上應祥曰:『魏家科法，卿所聯也，我之為人，卿所知也，我受國恩多而門戶重，卿無可言者，但有必死耳。』」「科法」與「科律」

〔註18〕《正統道藏》洞真部（1部）《元始五老赤書玉篇真文天書經》: 5。

〔註19〕《正統道藏》洞真部（1部）《元始五老赤書玉篇真文天書經》: 5。

兩個詞均為法律法令的意思，可以說，「科律」是由「科法」同義詞素「法」替換「律」而來的新詞。

【蒙受】

私心實欲使雲蔭八遐，風灑蘭林，寒條仰希華陽之繁，朽骸蒙受靈輿之津〔註20〕。(《元始五老赤書玉篇真文天書經》)

按:「蒙受」，受到；遭受。

唐元稹《報雨九龍神文》:「刺史積以二從事蒙受塵露，百里詣龍，為七邑民赴訴不雨。」《漢語大詞典》引唐元稹《報雨九龍神文》書證，時代較晚。

「遭受」一詞出現較早，《漢語大詞典》中猶受到。漢王充《論衡・命義》:「在母身時，遭受此性，丹朱、商均之類是也。」「遭」與「蒙」同義，「蒙」: 遭受；蒙受。《易・明夷》:「內文明而外柔順，以蒙大難。」可以說，「蒙受」是由「遭受」同義詞素「蒙」替換「遭」而來的新詞。

【吸取】

所以吸取日精，五帝從日而前不可不修此一法〔註21〕。(《上清太一金闕玉璽金真記》)

按:「吸取」: 採取；吸收。

柳青《銅牆鐵壁》第十章:「就給石得富介紹鎮川堡緊急打發糧食的一些經驗，要他們參考吸取。」《漢語大詞典》引柳青《銅牆鐵壁》書證，時代較晚，為中古法術類道經中的新詞。

「採取」一詞出現較早，為採集；收取。《漢書・王莽傳中》:「命縣官酤酒，賣鹽鐵器，鑄錢，諸採取名山大澤眾物者稅之。」《後漢書・皇后紀上・光烈陰皇后》:「其日，降甘露於陵樹，帝令百官採取以薦。」「吸取」是由「採取」同義詞素「吸」替換「採」而來的新詞。

【改換】

神圖藥物不過三紙，悉改換藥名，令人不識，又與本草殊為乖

〔註20〕《正統道藏》洞真部(1部)《元始五老赤書玉篇真文天書經》: 5。

〔註21〕《正統道藏》洞玄部(1部)《金闕玉璽金真紀》: 2。

背。余弱冠好術，厭世希道，研磨茲文〔註 22〕。(《洞神八帝元變經》)

按：「改換」：變更，變換。

唐白居易《曲江感秋》詩之一：「銷沉昔意氣，改換舊容質。」《漢語大詞典》引唐白居易《曲江感秋》書證，時代較晚，為中古法術類道經新詞。

「更換」一詞已經出現，《漢語大詞典》意為替換；變換。北魏楊衒之《洛陽伽藍記・平等寺》：「更換以它綿，俄然復濕。」「改換」是「改」替換「更」而來的新詞。

四、相同詞素異序造詞

兩個詞素變化順序來創造新詞。在中古法術類道經中，關於同素倒序詞，有兩種類型：一種是書中的新詞為 BA，同時這種 BA 是在 AB 的基礎上產生創造出的。一種是 AB 和 BA 同時作為新詞在書中使用。

（一）相類詞義同素倒序詞

【虎狼】

兌第八鬼神，名與高。能令人夜行無畏，不逢劫盜，辟二十七惡，驅役虎狼，走及奔馬。秘慎之慎之〔註 23〕。(《洞神八帝元變經》)

按：這裡的虎狼是指老虎和狼。

《漢語大詞典》收錄的義項為：比喻兇殘或勇猛的人。亦以喻兇殘或勇猛。《左傳・哀公六年》：「及朝，則曰：『彼虎狼也。』」《三國演義》第五回：「溫侯呂布挺身出曰：『父親勿慮，關外諸侯，布視之如草芥；願提虎狼之師，盡斬其首，懸於都門。』」

「狼虎」一詞出現較早，1. 狼與虎。漢焦贛《易林・大畜之復》：「狼虎結謀，相聚為儔，同齧牛羊，道絕不通，病我商人。」2. 比喻兇惡殘暴的人。唐杜牧《上李太尉論江賊書》：「追逮證驗，窮根尋葉，狼虎滿路，狴牢充塞。」

〔註 22〕《正統道藏》正一部（4 部）《洞神八帝元變經》：5。

〔註 23〕《正統道藏》正一部（4 部）《洞神八帝元變經》：5。

唐溫庭筠《過孔北海墓二十韻》:「鸞皇嬰雪刃，狼虎犯雲屏。」

所以「虎狼」一詞可以看作是由「狼虎」倒序而成的新詞。

（二）互為同素倒序詞後意義不同

【真神、神真】

【真神】

> 眾邪惶怖，不敢妄前，勑辦行廚，賜吾真神〔註24〕。(《太上正一咒鬼經》)

按:「真神」: 上帝，天帝。太平天國洪秀全創立拜上帝會稱上帝為真神。中國近代史資料叢刊《太平天國·文書》:「聖神、真神、天父、神父是上帝也。」此詞《漢語大詞典》引《太平天國·文書》為最早書證，時代較晚。

【神真】

> 朝夕禮拜，心存神真玉光紫炁，滿於齋堂之中〔註25〕。(《上清金真玉光八景飛經》)

按:「神真」，猶神靈。

南朝梁陶弘景《冥通記》卷三:「昔有楊許者，楊恒有神真往來，而許永不得見。」《漢語大詞典》引南朝梁陶弘景《冥通記》為最早書證，時代較晚。「真神」「神真」二者的首例引自時期均晚於《中古法術類道經》，所以應視為新詞，都當引《中古法術類道經》為首例。

「真神」和「神真」，保留使用的是「真神」。有時會因為兩者的構詞詞素都比較單一，如「悉」和「皆」是「都、全」的意思，沒有形成意義和語法的分化，所以在使用中均被淘汰〔註26〕。

由於中古法術類道經中這類新詞的例子不多，還不足以說明同素倒序詞存留的原因，所以這個問題仍有待進一步探索和研究。

〔註24〕《正統道藏》正一部（4部）《太上正一咒鬼經》: 2。

〔註25〕《正統道藏》正一部（4部）《上清金真玉光八景飛經》: 5。

〔註26〕張巍，中古漢語同素逆序詞演變研究〔D〕:〔博士學位研論文〕，上海：復旦大學，2010。

第二節　創造新義

面對新鮮的事物和環境，語言一般會採取「區別對待，儘量將就」〔註 27〕的簡省原則策略。其表現在詞義領域中便是：「對於需要表達的事物，能夠用原義包容的，不必再生新義；能夠用新義解決問題的，就不必再造新詞。」〔註28〕中古時期，新社會環境的變化以及新思潮的湧入都在客觀上促使詞語分裂出新的詞義，而產生新詞義的最主要途徑便是「詞義引申」。所謂的詞義引申正如蔣紹愚說的：「引申是基於聯想作用而產生的一種詞義發展。甲義引申為乙義，兩個意義之間必然有著某種聯繫，或者說意義有相關的部分。」〔註29〕此外，「在詞義引申過程中，從前一個義位傳遞下來，從而生成新的義位的義素就是遺傳義素。」〔註30〕

可見，詞語的本義和引申義之間存在著必然的聯繫，並且詞義引申也必然是通過多種方式來建立某種關聯的。本節根據董為光在《漢語詞義發展基本類型》〔註 31〕一書中提出的觀點，從三個方面對中古法術類道經中的新義進行分析。

一、利用聯想的方式引申

【中田】

攜契七映房，金羅煥中田〔註32〕。(《洞真太上太霄琅書》)

按：這裡的「中田」是指中丹田，道教稱人體有三丹田：在兩眉間者為上丹田，在心下者為中丹田，在臍下者為下丹田。腹部臍下的陰交、氣海、石門、關元四個穴位都別稱丹田。

「中田」，本義就是田地正中，《詩・小雅・信南山》：「中田有廬，疆埸

〔註27〕董為光，漢語詞義發展基本類型〔M〕，武漢：華中科技大學出版社，2004：19。

〔註28〕董為光，漢語詞義發展基本類型〔M〕，武漢：華中科技大學出版社，2004：19。

〔註29〕裴偉娜，《說文解字注》中的詞義引申小議〔J〕，綏化學院學報（哲學社會科學版），2011（1）：1。

〔註30〕張聯榮，詞義引申中的遺傳義素〔J〕，北京大學學報（哲學社會科學版），1992（4）：1。

〔註31〕董為光，漢語詞義發展基本類型〔M〕，武漢：華中科技大學出版社，2004：19。

〔註32〕《正統道藏》上清經部（1部）《洞真太上太宵琅書》：1。

有瓜。」鄭玄箋：「中田，田中也。」三國魏曹植《豫章行》之一：「虞舜不逢堯，耕耘處中田。」唐韓愈《和李相公攝事南郊》：「村樹黃復綠，中田稼何饒！」

由本義的田地當中，通過聯想人身為田，以「田」引申指人身，人身正當中的位置，引申為「中田」之新義。例如《上清玉帝七聖玄紀回天九霄經》：「周之后氏田中兒，月照幽谷上高臺。」

【青牙】

大哉靈寶，青牙長存，由始老九炁之功〔註 33〕。(《元始五老赤書玉篇真文天書經》)

按：這裡的「青牙」，指青氣；青光。

「牙」通「芽」。植物的幼芽。北魏賈思勰《齊民要術・種韭》：「以銅鐺盛水，於火上微煮韭子，須臾牙生者好。」宋梅堯臣《初聞蛙》詩：「何時科斗生，草根已吐牙。」

以「芽」比喻氣、光的神韻，「青牙」通青芽，以青芽來聯想比喻青氣、青光發散的形狀、萌芽的氣勢。由此引申出「青牙」一詞的青氣、青光之義。例如唐皎然《奉同顏使君真卿清風樓賦得洞庭歌送吳煉師歸林屋洞》：「吐納青牙養肌髮，花冠玉舄何高潔。」再例如《雲笈七籤》卷二五：「天光交加，精流東方……青牙垂暉，映照九方。」

二、利用詞類活用方式的引申

【常事】

食人兒女，盡以及身，破門滅戶，殃及後代，如此袄惑，不可常事〔註 34〕。(《太上正一咒鬼經》)

按：這裡是長期侍奉、從事。

「常事」，最初是指平常的事情；常有的事情。《書・立政》：「文王惟克厥宅心，乃克立茲常事司牧人，以克俊有德。」《公羊傳・桓公四年》：「《春秋》之法常事不書。」《晉書・何遵傳》：「吾每宴見，未嘗聞經國遠圖，惟說平生常

〔註 33〕《正統道藏》洞真部（1 部）《元始五老赤書玉篇真文天書經》：5。

〔註 34〕《正統道藏》正一部（4 部）《太上正一咒鬼經》：2。

事，非貽厥孫謀之兆也。」後引申代指上古掌管政務的官員。

在這裡，該詞兩個詞素「常」和「事」，均從名詞活用為動詞，從平常引申為長期，從事情引申為侍奉、從事。且引申詞義有相似關係，平常有長期的相似意義，事情與從事有相似意義，例如侍奉；供奉。《易・蠱》：「不事王侯，志可則也。」從平常的事情引申為長期侍奉、從事之義，詞性發生改變，詞類活用的方式創造了新義「長期從事」。例如《上清洞真天寶大洞三景寶籙》：「行二十五點空常事訖。」

【煞鬼】

依咒斬殺野道之氣，誅邪滅僞，太上之制，煞鬼生民〔註35〕。（《太上正一咒鬼經》）

按：這裡是破煞制鬼的意思。治鬼，「煞」為動詞。「煞」同殺。弄死，殺死。例如《洛陽伽藍記》：「立性兇暴，多行煞戮。」

「煞」，惡鬼、凶神之義，舊俗謂人死若干天後，魂魄返回故宅，有煞神隨之。晉葛洪《抱朴子・地真》：「能守一者，行萬里，入軍旅，涉大川，不須卜日擇時，起工移徙，入新屋舍，皆不復按堪輿星曆，而不避太歲太陰將軍，月建煞耗之神，年命之忌，終不復值殃咎也。」北齊顏之推《顏氏家訓・風操》：「死有歸煞，子孫逃竄，莫肯在家，畫瓦書符，做諸厭勝。」唐張讀《宣室志・補遺》：「俗傳人之死，凡數日，當有禽自柩中而飛者，曰『煞』」。

在這裡，從名詞惡鬼、凶神名詞詞類活用動詞，引申為弄死，構成動賓式「煞鬼」，為治鬼，殺鬼的新義。例如《貫斗忠孝五雷武侯秘法》：「急急如九天飛追那吒、天蓬都元帥煞鬼橫天律令敕煞攝。」

三、利用修辭的方式引申

【重基】

積福有重基，宿根咸消滅〔註36〕。（《洞真太上太霄琅書》）

按：這裡的「重基」是指厚重的基礎。

「重基」，本指猶高山。三國魏曹植《離友》詩之二：「臨淥水兮登重基，

〔註35〕《正統道藏》正一部（4部）《太上正一咒鬼經》：2。

〔註36〕《正統道藏》上清經部（1部）《洞真太上太霄琅書》：4。

折秋華兮採靈芝。」晉陸機《輓歌》之一:「夙駕驚徒御，結轡頓重基。」《文選》嵇康《琴賦》:「涉蘭圃，登重基。」李善注引《春秋運斗樞》:「山者，地之基。」李周翰注:「重基，高山也。」

這裡的「重基」，在原有複音詞的高山之義為基礎，以高山比喻厚重，在高山的基礎上引申為厚重基礎，強調詞義當中厚重的相似之義。

【玄光】

> 三天真生神符，出元始通景玄光氣後赤書五劫，見於玄都玉京上館〔註37〕。(《元始五老赤書玉篇真文天書經》)

按:這裡「玄光」指的是天光、神光。《易・坤》:「天玄而地黃。」孔穎達疏:「天色玄，地色黃。」後因以「玄」指天。《文選》揚雄《劇秦美新》:「或玄而萌，或黃而芽。」劉良注:「玄，天也;黃，地也。」

「玄光」,《漢語大詞典》裏義為內在的、天賦的穎慧。《淮南子・俶真訓》:「外內無符，而欲與物接，弊其玄光而求知之於耳目，是釋其炤炤，而道之冥冥也。」高誘注:「玄光，內明也。一曰:玄，天也。」

以玄色比喻為天之顏色、光亮，引申借代為天，強調事物之間的相似情況。用「玄」之顏色替天的方法產生出新義「玄光」。例如《洞真太上金篇虎符真文經》:「七星奔移，玄光冥滯，億變萬奇，洞觀無極之境。」

〔註37〕《正統道藏》洞真部(1部)《元始五老赤書玉篇真文天書經》:5。

第六章　結　語

本文主要選取中古 8 篇法術類道經中的複音詞為研究對象，對其中的 6470 個進行了全面考察，探求中古法術類道經語料中的複音詞，在漢語詞彙史研究上地位和作用關係。

第一節　本文結論

一、關於漢語複音化的動因的探討

「漢語新詞產生和舊詞消亡的三種不同性質：認知變化引起詞的產生與消亡；事物未變化而表達事物詞卻產生與消亡；事物變化引起詞的產生與消亡。相應的，複音詞的產生具有三種情況：經濟原則、漢語簡化引起的音步重組、相似性，分別產生複音詞。這樣，漢語中的複音詞就具有兩個來源：一是由短語凝固而來，二是進入語言系統的初始狀態就是詞。」〔註 1〕據上述情況，結合統計數據分析，中古法術類道經複音詞發展特點是，偏正式超過聯合式的數量事實。由此得出，中古法術類道經複音詞以凝固成詞的造詞方式為主。

〔註 1〕楊懷源，孫銀瓊，金文複音詞研究〔M〕，北京：人民出版社，2015：132。

二、複音詞的判定標準的認定

學者對於劃分詞與非詞的標準眾說紛紜。由於漢語中詞和短語的區別沒有形式上的標誌，很難區分。本書在具體分析了各家說法後認為：複音詞的判定應該根據文中具體詞義（語境或文境定義法）來進行判定，另外還提出具體的切分原則。

三、相關語料複音詞數據綜合分析

中古法術類道經複音詞中名詞占絕對優勢，而動詞逐漸接近名詞，形容詞持續發展。複音詞的詞法結構類型數量反映了構詞法能產性的高低狀態：偏正式數量大於聯合式，偏正式構詞法的能產性大於聯合式構詞法，中古法術類道經複音詞中偏正式的百分比最高，聯合式數量大於動賓式，動賓式數量大於主謂式，主謂式數量大於補充式，補充式數量大於附加式，附加式數量大於重疊式。可以說，在中古法術類道經時期漢語複合詞的各類構詞法已經齊備了。複音詞在數量上已相當豐富，複音詞語音特徵以雙音節為主，雙音化繼續發展。雙音節多於四音節，四音節詞多於三音節，三音節多於五音節以上（六音節、七音節、八音節）等等。其中三個以上多音節詞形式和意義單一：多為偏正式專有名詞。從詞素義上看，合成詞大於單純詞，合成詞佔有絕對數量優勢，語法造詞大大超過語音造詞。

四、中古時期複音詞的共時關係對比

（一）中古法術類道經複音詞與中古（非道經和道經）複音詞相同之處，即其完全具有中古漢語複音詞普遍的一些特點：

複音詞數量已相當豐富，在音節長度上以雙音節詞為主。在構詞方式上，以聯合式和偏正式為主，動賓式構詞法有所發展，與中古時期動賓式構詞法的特點吻合。「複音詞的數量繼續增長，並且複音詞的使用頻率、義項的豐富程度都比上古漢語有所提高，構詞方式基本完備。」〔註2〕在詞性上，以名詞為主，動詞的增長速度比較快，附加式複合詞的能產性在持續降低，中古法術類道經複音詞中，能產性相對低於整體水平，也基本符合中古時期特點。

〔註2〕李仕春，從複音詞數據看中古漢語構詞法的發展〔J〕，寧夏大學學報（人文社會科學版），2017（5）：1～2。

（二）中古法術類道經複音詞與中古（非道經和道經）複音詞不同之處。

偏正式構詞法能產性高。中古道經複音詞正是符合了吸收、開放、發展的不斷前進規律，因此，超前表現出偏正式構詞法優勢突出，超過了聯合式。

（三）中古法術類道經複音詞與共時文獻複音詞異同原因分析

主要有以下原因：隱喻手法、類比思維等修辭表達特點促進了偏正式構詞數量的發展。偏正式構詞法的發展推動偏正式複音詞數量增多，「詞素義」構成關係更為豐富、靈活。

中古法術類道經偏正式複音詞數量大增情況與中古時期聯合式構詞法最為高產一大特色相反，也可以說明中古道經複音詞造詞階段是一個反覆消化使用融合的階段。可以把這樣的發展變化稱為蛹動式發展規律，所謂蛹動，是指事物運行的軌跡是蛹動式。事物在前進發展高點時必然要產生後退的趨勢，而至後退低點時再前進，如此循環往復不已，這一事物運行的軌跡就是蛹動曲線。中古法術類道經複音詞中四音節複音詞數量大於三音節複音詞正是道經語言四字一頓地文法特點的表現。

另外，中古道經複音詞的形成是受社會、文化等方面影響，同時符合了吸收、開放、發展的不斷前進規律而造成的。

五、中古法術類道經構詞法演變的比較

研究中古法術類道經中 6470 個複音詞的構詞方式，主要有三個方面：一是語法構詞。按照聯合式、偏正式、支配式、動補式、表述式、附加式六種結構，其中大部分複音詞都是雙音詞，但是仍有少量三音節及以上的複音詞。按照詞素意義關係、詞素詞性兩個維度分析；二是語音構詞。主要分析聯綿詞和重疊式的構詞方式；三是進行構詞方式演變的對比分析：與上古子書類、上古道經類、近代專書類複音詞構詞進行歷時比較。探索中古法術類道經與上古時期詞彙、道經詞彙、近代專書詞彙歷時差異，彼此關聯的規律問題，並且對照出道經複音詞發展趨勢。

六、有關新詞新義的研究

新詞 193 個，源於同期 53 個，後期 135 個，《漢語大詞典》中的複音詞或詞的某項詞義的首例源於中古法術類道經或是與中古法術類道經同期甚至

晚於中古法術類道經的，我們將其視為新詞新義。

《漢語大詞典》中仍有未收錄的詞語。本文在整理中古法術類道經中的複音詞時發現，中古法術類道經中的詞語在一定程度上可以補充《漢語大詞典》中的詞條缺失。不見傳世文獻而未收，3985 個。由於篇幅所限，本文只研究可據《漢語大詞典》其提早所收書證的有 193 個複音詞，即 193 個新詞來進行分析。其中 58 個首例出自與中古法術類道經同時期典籍的複音詞，單義詞共有 24 個、多義詞共有 33 個。135 個源於中古法術類道經之後的朝代，單義詞有 89 個、多義詞有 46 個。按照單義詞和多義詞兩類區分舉例分析；單義少、多義化普遍。新義 83 個，新義首例出自道經，新義首例出自道經同期、新義首例晚於道經、新義補充《漢語大詞典》失收，按照一般詞和道教特色詞兩類區分舉例分析。

七、中古法術類道經複音詞中新詞的構詞方式

主要仿照原有詞素類推造詞、通過近義詞素結合造詞、通過同義詞素替換造詞、通過同詞素倒序造詞。中古法術類道經複音詞創造新義的方式主要是利用聯想引申的方式發展，利用詞類活用的引申方式創造新義，利用修辭的引申方式創造新義，中古法術類道經中的新義所用到的詞類活用主要是動詞、名詞、形容詞之間的相互轉化，風波雲起的魏晉南北朝，政權更迭，可以說，社會的客觀因素是新詞新義產生並發展的一個重要原因。此外，除了外界因素的作用，詞語自身的強大適應性和再生能力也促使新詞新義的源源而生。中古法術類道經中的這些新詞新義是在內外因的雙重作用下產生並發展的。

第二節　創新之處

一、中古時期道經（道藏）法術類典籍語料是已有目前複音詞專書類研究的盲點

道經法術類詞彙研究是道教以及民俗社會活動的重要組成部分，不過與道教其他領域道教史道教經典相比，研究得遠遠不夠，與道教法術相當豐富的事實頗不相稱。法術類既反映宗教心理和社會層面也反映宗教歷史，道經

法術史早於道教產生於原始先民巫覡之術有密切的關係，這也是道教作為本土傳統宗教最重要的特徵之一。法術類詞彙傳達了不同社會信息，在漢語詞彙史中佔有一定地位，是不應當忽視的。從詞彙學的角度展開研究，既可以彌補這方面研究的不足，又可以豐富漢語詞彙史上中古時期研究的內容，具有較強的學術價值〔註3〕。本書進行了中古法術類道經典籍中複音詞的窮盡性整理，語料為斷代封閉性語料，提供出搜集摘取、梳理後的第一手原始語料，為他人進行進一步詞彙類研究提供一定的原材料和數據基礎。

二、偏正式構詞法高產

發現道經法術類複音詞構詞方面，表現出來的偏正式構詞法高產（聯合式產量偏低），與中古複音詞（含道藏與非道藏類典籍）構詞法聯合式高產特點迥然不同。

三、發現道經法術類複音詞構詞歷時發展產能與近代數據相似

對比中古（含道藏與非道藏類典籍）聯合式、偏正式構詞產量，發現道經法術類複音詞構詞歷時發展產能與近代數據相似。

第三節　不足之處

第一、語料詞彙類別的劃分不夠精確。第二、在個別分類的構詞研究與新詞新義研究中，未能窮盡性的進行舉例分析研究。第三、新詞新義的造詞原因方面，內外因素分析不夠深入。

第四節　研究展望

一、進一步挖掘道教法術類諸道經詞彙造詞法、構詞法特點

在現階段，在進行漢語語言研究的過程當中，越來越多的專家學者開始意識到道教語言研究的重要性，並開始特別關注道教詞彙研究，相繼取得了很多研究成果，不僅涉及斷代詞彙，還涉及專用詞彙等等。相關的研究涉及農業、林業、醫學、政治等多個領域。

〔註3〕劉祖國，道教文獻語言研究的困境與出路〔J〕，中國道教，2012（5）：55～57。

在漢語史領域，道教語言研究薄弱的現狀，必然會影響到道教法術詞彙的研究。道教語言研究作為詞彙研究的分支，還涉及軍事、天文等方面相關詞語的研究，然而並沒有取得突出性的貢獻。道教語言研究部分專門研究涉及了齋醮科儀類詞語，但是卻少有人涉獵法術類詞語，對其歷史演變無人追溯。

法術類道經的造詞反映當時人們的思想、體現了語言詞彙當時客觀環境的對應關係。道教詞彙的造詞、構詞研究值得進一步深入挖掘，通過挖掘造詞、構詞規律勾連發現漢語詞彙發展獨特魅力。同時，法術類行業語、專有名詞也有待深入挖掘。

二、進一步研究梳理道教法術類諸道經語料

在漢語語言研究領域，道教詞彙研究是最薄弱的，在《道藏》研究當中，道教法術詞彙的研究幾乎沒有。

「作為道經重要組成部分的法術類諸經，雖然它在古書注釋、詞彙研究、辭書編纂、古籍整理等方面都有著重要的研究價值，但是目前學界對其關注較少，特別是從語言學、詞彙學等方面的研究略顯單薄。」〔註4〕期待著未來在道經法術類、齋醮、科儀類等內容的詞彙、文化有更多研究成果，通過深入挖掘這一薄弱領域的文化瑰寶，探究漢語詞彙與訓詁學方面的規律和新發現。

道教法術類諸道經語料是非常豐富的有待開採的語言語料寶藏，非常值得學者們深入挖掘。

三、進一步探尋道教法術類諸道經詞彙文化語言學價值

在民俗活動當中，對法術類詞彙進行研究是非常有價值的重要環節，另一方面，從語義角度，對法術類詞彙進行研究也是非常重要的一個環節，這兩方面也遠遠遜於對道教史和道教經典的研究力度，與歷史事實當中異常豐富的道教法術內容不能夠進行匹配。

社會層面和宗教心理都可以通過法術類詞彙得到充分的反映，同時也為人們提供了對宗教歷史進行研究的有效途徑，在道教產生之前，就已經產生了以原始先民巫覡之術為基礎的法術，擅長與神靈進行交流是巫術、道士的主要特

〔註4〕牛尚鵬，淺析道法諸經詞彙研究現狀及其語料價值〔J〕，中國城市經濟，2011（8）：3。

點，法術語言是文化核心，道教也正是由於具有這一特徵，才能夠位列本土傳統宗教當中。全方位的社會信息，都能夠在法術類詞彙當中得以體現，進一步探尋道教法術類諸道經詞彙文化語言學價值意義重大。

四、進一步深入道教法術類諸道經複音詞研究

研究《道藏》，在古籍整理上、在詞彙研究上都有著現實的需要，《道藏》詞彙的研究，是《道藏》古籍整理的基礎。法術類道經研究屬於專類研究，大量口語詞、特色詞、民俗集中體現，體裁獨特，語言容量大而封閉明確、演變規律迴然不同、新詞新義多、多義化普遍、口語俗語選擇性動因強，值得深入研究，也是目前古代漢語研究的迫切需要。

就現階段的發展狀況而言，學界對相關工作有所忽視。這是受到很多因素影響而造成的局面，「雜而多端」的道教格局是最主要的因素，這種情況導致了道教的語言詞彙來源非常多，涉及的範圍也比較廣泛，擁有非常複雜的詞彙成分。通過詞彙的表象，需要進一步釐清其中所蘊含的關係，探討詞彙的專有性、推廣性，增加相關的研究成果是未來的研究重點。

在與佛教詞語的比較研究方面，道教法術類複音詞研究也非常薄弱。

總之，本文以淺薄之見，期冀拋磚引玉、對道經詞彙未來研究能有微薄價值。

參考文獻

一、著作類

1. 道藏（1～36冊）〔M〕，上海：上海書店出版社，1988。
2. 蔣禮鴻，敦煌變文字義通釋〔M〕，上海：上海古籍出版社，1981：289～293。
3. 〔蘇聯〕茲維金采夫，普通語言學綱要〔M〕，伍鐵平等譯，上海：商務印書館，1981：31。
4. 洪業，道藏子目佛藏子目引得〔M〕，上海：上海古籍出版社，1986：41～94。
5. 徐烈炯，生成語法理論〔M〕，上海：上海外語教育出版社，1988：22。
6. 守一子，道藏精華錄〔M〕，江蘇：浙江古籍出版社，1989：1～8。
7. 朱越利，道教問答〔M〕，北京：華文出版社，1989：1～2。
8. 張雙棣，《呂氏春秋》詞彙研究〔M〕，濟南：山東教育出版社，1989：6～10。
9. 劉堅，蔣紹愚主編，近代漢語語法資料彙編（唐五代卷）〔M〕，北京：商務印書館，1990：1～33。
10. 袁暉、宗廷虎，漢語修辭學史〔M〕，合肥：安徽教育出版社，1990：10。
11. 朱越利，道經總論〔M〕，瀋陽：遼寧教育出版社，1991：12.1～209。
12. 梁曉虹，佛教詞語的構造與漢語詞彙的發展〔M〕，北京：北京語言學院出版社，1994：127～194。
13. 周薦，漢語詞彙研究史綱要〔M〕，北京：語文出版社，1995：230～235。
14. 朱越利，道藏分類解題〔M〕，北京：華夏出版社，1996：98～127。
15. 王鍈，宋元明市語彙釋〔M〕，貴陽：貴州人民出版社，1997：6～8。
16. 顏洽茂，佛教語言闡釋——中古佛教詞彙研究〔M〕，杭州：杭州大學出版社，1997：4～6。

17. 週日健，王小莘，《顏氏家訓》詞彙語法研究〔M〕，廣州：廣東人民出版社，1998：1～29。
18. 趙秉璿、竺家寧，古漢語複聲母論文集〔M〕：北京：北京語言學院出版社，1998：70～89。
19. 毛遠明，《左傳》詞彙研究〔M〕，重慶：西南大學出版社，1999：1～20。
20. 董志翹，《入唐求法巡禮行記》詞彙研究〔M〕，北京：中國社會科學出版社，2000：90～185。
21. 葛本儀，現代漢語詞彙學〔M〕，濟南：山東人民出版社，2001：45～109。
22. 羅偉國，道藏與佛藏〔M〕，上海：上海書店，2001：168～232。
23. 伍宗文，先秦漢語複音詞研究〔M〕，成都：巴蜀書社，2001：374～446。
24. 程湘清，漢語史專書複音詞研究〔M〕，上海：商務印書館，2003：7～23，107。
25. 魏德勝，《睡虎地秦墓竹簡》詞彙研究〔M〕，北京：華夏出版社，2003：36～101。
26. 董為光，漢語詞義發展基本類型〔M〕，武漢：華中科技大學出版社，2004：10。
27. 王明，《太平經》合校〔M〕，濟南：山東畫報出版社，2004：1。
28. 蔣紹愚，古漢語詞彙綱要〔M〕，上海：商務印書館，2005：9。
29. 周祖謨，漢語詞彙講話〔M〕，北京：外語教學與研究出版社，2005：5。
30. 李麗，《魏書》詞彙研究〔M〕，北京：人民日報出版社，2006：47～62。
31. 萬久富，《宋書》複音詞研究〔M〕，南京：鳳凰出版社，2006：1～58。
32. 劉志生，東漢碑刻複音詞研究〔M〕，成都：巴蜀書社，2007：33～186。
33. 魯六，《荀子》詞彙研究〔M〕，鄭州：河南人民出版社，2007：13～15。
34. 汪維輝，漢語詞彙史新探〔M〕，上海：上海人民出版社，2007：98～100。
35. 汪維輝，《齊民要術》詞彙語法研究〔M〕，上海：上海教育出版社，2007：92～111。
36. 楊懷源，西周金文詞彙研究〔M〕，成都：巴蜀書社，2007：30～42。
37. 唐德正，《晏子春秋》詞彙研究〔M〕，鄭州：中州古籍出版社，2008：67～81。
38. 車淑婭，《韓非子》詞彙研究〔M〕，成都：巴蜀書社，2008：135～140。
39. 張斌，簡明現代漢語〔M〕，上海：復旦大學出版社，2008：76。
40. 紫紅梅，漢語複音詞研究新探—以《摩訶僧祇律》為例〔M〕，天津：天津古籍出版社，2009：18～41。
41. 周俊勳，中古漢語詞彙研究綱要〔M〕，成都：巴蜀書社，2009：98～186。
42. 呂叔湘，呂叔湘文集〔M〕，上海：商務印書館，2011：7。
43. 陳國符，道藏源流考〔M〕，北京：中華書局，2012：258～260。
44. 符淮青，漢語詞彙學史〔M〕，北京：外語教學與研究出版社，2012：55～58。
45. 徐時儀，《朱子語類》詞彙研究（上、下）〔M〕，上海：上海古籍出版社，2013：26～28。

46. 張小豔，敦煌社會經濟文獻詞語論考〔M〕，上海：上海人民出版社，2013：56～171。
47. 周薦，漢語詞彙結構論〔M〕，北京：人民教育出版社，2014：282～331。
48. 唐元發，《逸周書》詞彙研究〔M〕，杭州：浙江大學出版社，2015：128～141。
49. 楊懷源，孫銀瓊，金文複音詞研究〔M〕，北京：人民出版社，2015：96～128。
50. 張豔，帛書《老子》詞彙研究〔M〕，上海：上海古籍出版社，2015：23～31。
51. 張忠堂，《雜寶藏經》詞彙研究〔M〕，北京：中國書籍出版社，2017：199～201。

二、學位論文類

1. 林金強，《太平經》雙音詞研究〔D〕:〔碩士學位論文〕.廣州：華南師範大學，2003。
2. 王東，《水經注》詞彙研究〔D〕:〔博士學位論文〕，成都：四川大學，2003。
3. 閆玉文，《三國志》複音詞專題研究〔D〕:〔博士學位論文〕，上海：復旦大學，2003。
4. 車淑婭，《韓非子》詞彙研究〔D〕:〔博士學位論文〕，杭州：浙江大學，2004。
5. 馮利華，中古道書語言研究〔D〕:〔博士學位論文〕，浙江：浙江大學，2004。
6. 顧曄峰，《穆天子傳》詞彙研究〔D〕:〔碩士學位論文〕，揚州：揚州大學，2004。
7. 周作明，東晉南朝道教上清派經典詞彙新詞新義研究〔D〕:〔碩士學位論文〕.成都：四川大學，2004。
8. 丁喜霞，中古常用並列雙音詞的成詞和演變研究〔D〕:〔博士學位論文〕，杭州：浙江大學，2005。
9. 劉志生，東漢碑刻複音詞研究〔D〕:〔博士學位論文〕，上海：華東師範大學，2005。
10. 葉貴良，敦煌道經詞彙研究〔D〕:〔博士學位論文〕，杭州：浙江大學，2005。
11. 楊同軍，支謙譯經複音詞研究〔D〕:〔博士學位論文〕，成都：四川大學，2006。
12. 袁開惠，《黃帝內經・素問》複音詞研究〔D〕:〔碩士學位論文〕，長春：東北師範大學，2006。
13. 江傲霜，六朝筆記小說詞彙研究〔D〕:〔博士學位論文〕，濟南：山東大學，2007。
14. 徐棟，浙江子部著述考〔D〕:〔博士學位論文〕，杭州：浙江大學，2007。
15. 周作明，東晉南朝道教上清派經典行為詞新質研究〔D〕:〔博士學位論文〕，成都：四川大學，2007。
16. 耿莉，《莊子》專有名詞研究〔D〕:〔碩士學位論文〕，濟南：山東大學，2008。
17. 黃健，《西遊記》詞彙研究〔D〕:〔碩士學位論文〕，濟南：山東大學，2008。
18. 柳玉宏，南北朝詩歌複音詞通釋〔D〕:〔博士學位論文〕，上海：華東師範大學，2008。
19. 王冰，北朝漢語複音詞研究〔D〕:〔博士學位論文〕，長春：吉林大學，2008。

20. 紀國峰，《文子》複音詞研究〔D〕:〔碩士學位論文〕，長春：東北師範大學，2009。
21. 劉祖國，《太平經》詞彙研究〔D〕:〔博士學位論文〕，上海：華東師範大學，2009。
22. 程蘇超，五代新詞研究〔D〕:〔碩士學位論文〕，濟南：山東大學，2010。
23. 黄瑞麗，《焦氏易林》並列式複音詞研究〔D〕:〔碩士學位論文〕，開封：河南大學，2010。
24. 李麗，《南史》複音詞研究〔D〕:〔碩士學位論文〕，長沙：中南大學，2010。
25. 李偉，《搜神記》複音詞研究〔D〕:〔碩士學位論文〕，長春：東北師範大學，2010。
26. 柳娜，西漢新詞研究〔D〕:〔碩士學位論文〕，濟南：山東大學，2010。
27. 鄭源，《莊子》單音節同義動詞辨析〔D〕:〔博士學位論文〕，成都：西南交通大學，2010。
28. 張巍，中古漢語同素逆序詞演變研究〔D〕:〔博士學位論文〕，上海：復旦大學，2010。
29. 龔燕玲，李商隱詩歌偏正式複合詞研究〔D〕:〔碩士學位論文〕，成都：四川師範大學，2011。
30. 劉曉靜，東漢核心詞研究〔D〕:〔博士學位論文〕，武漢：華中科技大學，2011。
31. 陳羿竹，《高僧傳》複音詞研究〔D〕:〔博士學位論文〕，長春：東北師範大學，2014。
32. 單沭敏，《雲合奇蹤》詞彙研究〔D〕:〔碩士學位論文〕，南寧：廣西師範學院，2014。
33. 劉豔娟，《真誥》複音詞研究〔D〕:〔碩士學位論文〕，長沙：湖南師範大學，2014。
34. 許春芳，東漢譯經中的佛化漢詞研究〔D〕:〔碩士學位論文〕，蘭州：西北師範大學，2014。
35. 孟燕靜，《周氏冥通記》道教類詞彙研究〔D〕:〔碩士學位論文〕，西安：陝西師範大學碩士論文，2015。
36. 張瀟丹，《國語》與《戰國策》反義詞比較研究〔D〕:〔碩士學位論文〕，濟南：山東師範大學，2015。
37. 李振東，《太平經》與東漢佛典複音詞比較研究〔D〕:〔博士學位論文〕，長春：吉林大學，2016。
38. 丁靈敏，《登真隱訣》詞彙研究〔D〕:〔碩士學位論文〕，杭州：浙江財經大學，2017。
39. 藺偉寧，漢語偏正式構詞的認知語義研究〔D〕:〔碩士學位論文〕，寧波：寧波大學，2017。
40. 李浩，《周氏冥通記》詞彙研究〔D〕:〔碩士學位論文〕，重慶：重慶大學，2017。

41. 苗傳美，《孔子家語》反義詞研究〔D〕:〔碩士學位論文〕，濟南：山東師範大學，2017。
42. 張婷婷，漢語疊音詞問題研究〔D〕:〔碩士學位論文〕，寧波：寧波大學，2017。

三、期刊論文類

1. 郭紹虞，中國語詞之彈性作用〔J〕，燕京學報，1938（24）：1～34。
2. 湯用彤，讀道藏劄記〔J〕，歷史研究，1963：1。
3. 周紹珩，馬丁內的語言功能觀和語言經濟原則〔J〕，國外語言學，1980（4）：2～3。
4. 韓惠言，《世說新語》複音詞構詞方式初探〔J〕，固原師專學報，1990（1）：1。
5. 羅熾，道教醮儀頌偈祝咒探賾〔J〕，中國道教，1990（3）：1～2。
6. 張聯榮，詞義引申中的遺傳義素〔J〕，北京大學學報（哲學社會科學版），1992：4。
7. 董玉芝，《抱朴子》複音詞構詞方式初探〔J〕，古漢語研究，1994（4）：1～4。
8. 董玉芝，《抱朴子》聯合式複音詞研究〔J〕，新疆教育學院學報，1994（1）：1～7。
9. 田誠陽，道教的法器〔J〕，中國道教，1994（3）：1～3。
10. 劉志生，《莊子》複音詞構詞方式初探〔J〕，喀什師範學院學報，1995（4）：1～3。
11. 王雲路，《太平經》釋詞〔J〕，古漢語研究，1995（1）：1。
12. 楊琳，漢語詞彙複音化新論〔J〕，煙臺大學學報（哲學社會科學版），1995（4）：1。
13. 周少川，簡論道教典籍的產生與流傳〔J〕，陰山學刊，1995（3）：1～9。
14. 董玉芝，《抱朴子》語詞劄記〔J〕，新疆教育學院學報，1997（1）：1。
15. 胡運飆，從複音詞數據看詞彙複音化和構詞法的發展〔J〕，貴州文史叢刊，1997（2）：1～9。
16. 王家祐，道教齋醮科儀精義〔J〕，四川文物，1997（5）：1。
17. 柏登基，臺灣道教科儀與煉養〔J〕，宗教學研究，1998（3）：1～2。
18. 董玉芝，《抱朴子》複音詞在現代漢語中的變化〔J〕，西部學壇，1998（1）：4。
19. 連登崗，釋《太平經》之「賢儒」「善儒」「乙密」〔J〕，中國語文，1998（3）：1。
20. 趙誠，訓詁學回顧與展望〔J〕，古漢語研究，1998（4）：1～9。
21. 方一新，《抱朴子內篇》詞義瑣記〔J〕，浙江大學學報（人文社會科學版），1999（4）：1。
22. 方向東，《莊子》疑難詞語考釋〔J〕，南京師大學報（社會科學版），1999（1）：1。
23. 史光輝，《齊民要術》偏正式複音詞初探〔J〕，廣播電視大學學報（哲社版），1999（1）：1。

24. 張澤洪，道教齋醮科儀與民俗信仰〔J〕，宗教學研究，1999（2）：4～6。
25. 周光慶，20世紀訓詁學研究的得失〔J〕，華中師範大學學報，1999（2）：1～4。
26. 高明，簡論《太平經》在中古漢語詞彙研究中的價值〔J〕，古漢語研究，2000（1）：2～5。
27. 黃建寧，《太平經》中的同素異序詞〔J〕，四川師範大學學報，2001（1）：1。
28. 王承文，古靈寶經與道教早期禮燈科儀和齋壇——以敦煌本《洞玄靈寶三元威儀自然真經》為中心〔J〕，敦煌研究，2001（3）：1。
29. 王曉伯，日漢同形異義詞辨析〔J〕，日語知識，2001（8）：1。
30. 趙振興，《周易》的複音詞考察〔J〕，古漢語研究，2001（4）：1～2。
31. 李遠國，試論靈幡與寶幢的文化內涵〔J〕，宗教學研究，2002（1）：1。
32. 王敏紅，《雲笈七籤》詞語零箚〔J〕，古籍整理研究學刊，2002（3）：1。
33. 徐時儀，20世紀訓詁學研究的回顧與反思〔J〕，南洋師範學院學報（社科版），2002（5）：1～13。
34. 劉亞輝，《說文解字》中的詞義引申〔J〕，廣西師範大學學院學報（哲社版），2003（4）：1。
35. 王雲路，中古漢語詞彙研究綜述〔J〕，古漢語研究，2003（2）：1～5。
36. 王微，莎士比亞勸婚十四行在中國——漢語文化語境下對三個譯本的比較研究〔J〕，湖南工程學院學報（社會科學版），2003（1）：3。
37. 夏雨晴，《太平經》中的三音節同義並列複用現象研究〔J〕，樂山師範學院學報，2003（5）：2～3。
38. 方一新，從中古詞彙的特點看漢語史的分期〔J〕，漢語史學報，2004：1～8。
39. 李小平，《世說新語》重疊式複音詞構詞法淺探——兼論音節表義〔J〕，蘇州教育學院學報，2004（1）：1。
40. 張澤洪，論白玉蟾對南宋道教科儀的創新——兼論南宋教團的雷法〔J〕，湖北大學學報（哲社版），2004（6）：6。
41. 鄧志強，《幽明錄》偏正式複音詞構成方式的縱向比較〔J〕，廣西社會科學，2005（11）：1。
42. 田兆元，上海民間道士的鋪燈藝術〔J〕，民族藝術，2005（2）：1～2。
43. 馬蓮，20世紀以來的兩漢詞彙研究綜述〔J〕，南都學壇，2005（6）：1～2。
44. 俞理明，周作明，論道教典籍語料在漢語詞彙歷史研究中的價值〔J〕，綿陽師範學院學報，2005（4）：1～6。
45. 張婷，曾昭聰，曹小雲，十年來道教典籍詞彙研究綜述〔J〕，滁州學院學報，2005（4）：1～4。
46. 張麗萍，試論漢語詞彙複音化〔J〕，山東教育學院學報，2005（5）：2。
47. 馮利華，李雙兵，六朝道經詞語研究發微——以古上清經為中心〔J〕，唐都學刊，2006（3）：5。

48. 王東，《水經注》詞彙性質淺論〔J〕，唐都學刊，2006（5）：3～5。

49. 張傳真，《列子》中的偏正式複音詞語義構成研究〔J〕，成都教育學院學報，2006（10）：1。

50. 李仕春，從複音詞數據看上古漢語構詞法的發展〔J〕，北京化工大學學報（社科版），2007（1）：1～7。

51. 王毅力，《搜神後記》複音詞的構詞方式初探〔J〕，和田師範專科學校學報（漢文綜合版），2007（1）：1～3。

52. 王天虹，獨特的漢語四字格形式發展探析〔J〕，北京勞動保障職業學院學報，2007（1）：3。

53. 艾紅娟，專書複音詞研究的回顧與展望〔J〕，齊魯學刊，2008（3）：1～2。

54. 陳琳，《西京雜記》複音詞研究〔J〕，企業家天地（下），2008（10）：1～2。

55. 曹君，中古漢語專書複音詞研究綜述〔J〕，濟源職業技術學院學報，2008（4）：1～2。

56. 丁常雲，試論道教人文精神及其現代啟示〔J〕，中國道教，2008（5）：5。

57. 葉貴良，論道教類書《無上秘要》的價值〔J〕，古籍研究，2008（2）：1～9。

58. 李仕春，艾紅娟，從複音詞數據看中古佛教類語料構詞法的發展〔J〕，西南交通大學學報（社會科學版），2009（4）：1～5。

59. 張傳真，《列子》支配式複音詞初探〔J〕，宜春學院學報，2009（5）：1。

60. 張琳，《神仙傳》偏正式複音詞語義構成研究〔J〕，安徽文學（下），2009（12）：1～3。

61. 丁培仁，從《無上秘要》看六朝道教關於災難的論述〔J〕，宗教學研究，2010（4）：6。

62. 方一新，柴紅梅，《神仙傳》的詞彙特點與研究價值〔J〕，古漢語研究，2010（1）：1～7。

63. 李景生，目前店名「四字格」增勢的文化透視〔J〕，畢節學院學報，2010（11）：2。

64. 張傳真，《列子》中的聯合式複音詞語義構成研究〔J〕，清遠職業技術學院學報，2010（2）：1。

65. 丁培仁，從類書《無上秘要》的結構看南北朝道教教義體系〔J〕，宗教學研究，2011（4）：1～9。

66. 顧滿林，東漢佛道文獻詞彙新質的概貌〔J〕，漢語史研究集刊，2011：1。

67. 韓建崗，《文子》反義詞研究〔J〕，語文學刊，2011（8）：1。

68. 洪一麟，論蔡邕《獨斷》的語料價值〔J〕，文教資料，2011（32）：2。

69. 李仕春，從複音詞數據看近代漢語構詞法的發展〔J〕，寧夏大學學報（人文社科版），2011（1）：1～4。

70. 牛尚鵬，淺析道法諸經詞彙研究現狀及其語料價值〔J〕，中國城市經濟，2011（8）：1～3。

71. 裴偉娜，《說文解字注》中的詞義引申小議〔J〕，綏化學院學報（哲社版），2011（1）：1。

72. 周作明，試論現存最早道教類書《無上秘要》〔J〕，西南民族大學學報（人文社會科學版），2011（10）：1～4。

73. 文豪，道教太乙救苦天尊的職責和科儀分析〔J〕，懷化學院學報，2012（6）：3。

74. 方一新，訓詁學與詞彙史異同談〔J〕，歷史語言學研究，2013：1～11。

75. 焦玉琴，道教文化對漢語詞彙的影響〔J〕，中國道教，2013（1）：1～3。

76. 劉祖國，早期道經詞彙在佛典初譯中的橋樑作用——以《太平經》為例〔J〕，鄭州師範教育，2013（1）：1。

77. 田啟濤，道教文化影響下的道經用語〔J〕，現代語文（語言研究版），2014（5）：1～6。

78. 朱展炎，道經中的「解冤釋結」思想論析〔J〕，宗教學研究，2014（4）：1。

79. 張澤洪，早期正一道齋儀的內涵及文化意義〔J〕，四川大學學報（哲學社會科學版），2014（2）：6～9。

80. 胡佳慧，李仕春，元明方言學史研究綜述〔J〕，現代語言（語言研究版），2015（11）：2。

81. 桑寶靖，從道家曲到仙遊詞的轉變〔J〕，蘭州學刊，2015（7）：1～3。

82. 周作明，試論道典與中古漢語詞彙研究〔J〕，南開語言學刊，2015（2）：1。

83. 匡臘英，楊懷源，命名的選擇與限制：漢語複音化動因再探〔J〕，重慶師範大學學報（哲學社會科學版），2017（3）：1～2。

84. 李仕春，從複音詞數據看中古漢語構詞法的發展〔J〕.寧夏大學學報（人文社科版），2007（3）：1～7。

85. 殷曉瑩，一種特殊的偏正式構詞現象〔J〕，漢字文化，2018（9）：1。

86. 羅業愷，近二十年道教語言研究綜述（1988～2008）〔J〕，宗教學研究，2019（3）：1～5。

附錄一 《太上正一咒鬼經》〔註1〕

太上正一咒鬼經

天師曰，太上大君，天之尊神，左監祭酒，天之真人，左從百二十蛟龍，右從百二十猛虎，前導百二十朱雀，後從百二十玄武，頭上有五彩華蓋，足履魁罡，素男玉女，衣服元炁玄炁玄黃，周旋而遊生門，晝夜與日月同光，下統地祇，上應北辰，自有力士童男童女數千萬人，寶持刀劍，所礙者穿，皆乘天鹿鳳凰騏驎，窮奇辟邪，數百為群，螣蛇猛獸，九萬九千，皆能飛行，出入無間，啖食百鬼數千萬人眾精，百邪不得妄前，天師神咒，急急如律令。

天師曰，太和玄老，乘青雲紫輦，華蓋玉女車輪，水精為輿，金銀為廂，驂駕九龍，光照諸天，絳紫毛裘，混混沌沌，晃晃昱昱，震動驚人，但求百官江河大神，龍王鬼帥，藏在雲間，叩頭搏頰，求自披陳，不聽理訴，收付獄君，銅柳鐵鎖，鉗其喉咽，眾邪惶怖，不敢妄前，勑辦行廚，賜吾真神，吾今當出召神君，久藏不見十億年，但捕血祀諸奸神，珍窮天下克異民，祆言妄語自為神，訾毀道炁荇佮，皆是妖惑蟲道神，但行邪偽別正真，天師銜命化善人，蟒蛇之鎧兼欲前，邪逆妄害鐵鎖連，捉頭三斬烹汝身，窮奇辟邪縱橫吞，比至神祀盡根元，家親丈人但莫前，授吾神咒爾莫前，勁急急如律令。

〔註1〕道藏（1～36冊）〔M〕，上海：上海書店出版社，1988：正一部（4部）。

天師曰，吾為天地除萬殃，變身人間作鬼王，身長丈六頭面方，銅牙鐵齒銜鋒鋩，手持劈磨戴鑊湯，動雷發電回天光，星辰失度月慘黃，顛風泄地日收光，草木焦枯樹摧藏，崩山裂石斷河梁，車載鐵鎖桔銀鐺，一月三榜六咒章，募求百鬼勤豪強，得便斬殺除凶殃，吾持神咒誰敢當，急去千里勿當殃，急急如律令。

天師曰，吾上太山謁見黃老君，教吾殺鬼語，我神才上呼玉女，收捕非殃登天，左契佩帶印章，頭戴華蓋，足躡魁罡，左扶六甲，右扶六丁，前有黃神，後有越章，神師誅伐，不避豪強，先殺邪神，後滅遊光，何神敢前，何鬼敢當，縛汝置水，煮汝鑊湯，三日一笞，五日一榜，門丞捉縛，玉女_掠，吾吏受辭，灶君上章，某甲無罪過，不得病賢良，吾含天地炁咒，毒殺鬼方咒，金金自銷，咒木木自折，咒水水自竭，咒火火自滅，咒山山自崩，咒石石自裂，咒神神自縛，咒鬼鬼自殺，咒禱禱自斷，咒癰癰自決，咒毒毒自散，咒詛詛自滅，天師神咒至，不得相違戾，急去千里，急急如律令。

天師曰，吾為天地師，驅逐如風雨，左手執青龍，右手據白虎，胸前有朱雀，背上有玄武，頭上有仙人，足下有玉女，手中三將軍，十指為司馬，功曹令束縛，送到魁罡下，徘徊三臺間，五星皆捉把，浮遊華蓋宮，徑過閶闔下，勑誥太山府，並及行使者，收捕姦邪鬼，祆魅秏亂者，及時誅邪偽，露屍於道左，御史上天曹，今以奏得下，天師神咒至，急急如律令。

謁請素車白馬君五人，兵士十萬人，主收某家宅中三丘五墓之鬼。

謁請運炁君五人，兵士十萬人，主收某家宅中百二十刑殺之鬼。

謁請都曹正君五人，兵士十萬人，主收某家宅中眾精百邪之鬼。

謁請考召君五人，兵士十萬人，主收某家宅中下官故炁之鬼。

謁請守宅神君五人，兵士十萬人，主收某家宅中辟邪盜賊之鬼。

謁請廣司君五人，兵士十萬人，主收某家宅中十二月建破殺之鬼。

謁請北城語命謀議君五人，兵士十萬人，主收某家宅中北時建王之鬼。

謁請刺史從事千二百人，各官將五人，兵士十萬人，主收某家宅中五方瘟疫炁剔人之鬼。

謁請無上太和君五人，兵士十萬人，主收某家宅中百二十祆魅邪道之鬼。

天師曰，欲行道法，欲治身修行，欲救療病苦，欲求年命延長，欲求過渡災厄，欲求白日昇天，欲求宅舍安穩，欲求田蠶如意，欲求販賣得利，欲求奴婢成行，欲求仕宦高遷，欲求訟詞理訴，欲求男女命長，欲求保宜子孫，欲求婦女安胎，今為別請十部都曹，正炁中即，刺史從事，素車白馬君，北城詔命君，天上督逆君，廣司君，太玄老君，太和之炁一千二百人，各將軍五人，屯住某家中庭，兵刃外向，監察內外下官故炁，血食之鬼，祆惑之神，眾精百邪，千鬼萬神屍，土精土毒，造功立宅，架屋立柱，築治園墟，修營家宅，破壞舍屋，移轉井灶，動促門戶，補治籬落，縛束壁帳，穿井掘窖，填補塞孔，高下之功，立成之功，破殺之炁，悉以斬殺之，並收某家宅中五殘六賊，十二祆惑，男女非□，先代咎殃，及咒殺屍，破邪故炁，留殃妖魅，寄鬼葕仯五虛六耗，十二注詛，野道夢寤，顛倒縣官，口舌背自，消滅中宗外親，前亡後死，男女復連，無辜之鬼，客死之鬼，兵死之鬼，星死之鬼，注死之鬼，前死之鬼，後死之鬼，應時咒殺之鬼，及諸百怪・梟烏・鵄鵲・百鳥妄鳴，狗嘷作怪，血光金光，火光水光，木光衣光發光，捨宅門戶開閉音聲之怪，甑叫釜鳴金鐵之精，天蜂・青蠅・蟲蛇・野獸・狐狸・六畜・五毒之炁，藏在宅中不肯去者，伏惟太上勑下天曹，應咒斬殺之，如玄都鬼律不得相於奉天師神咒，急急如律令。

臣重啟太上大道君，太上老君，太上丈人，天師嗣師係師等三師文書事門下君將吏兵，六・質六直六端六股二十四君等，臣某稽首再拜上言，今世微薄，運劫欲盡，人民凶逆，相習來久，外陽為善，內懷豺狼，但欲作惡，不念行慈，背面異辭，共相規圖，萬人之中，無有一人慾求生道者乎，心懷惡行，葕伄愘耍俱作死事，淫泆好色，馳務榮祿，輕孤易貧，強弱相淩，君臣相伐，父子相言，兄弟相殺，母女相罵，婦姑相怕，夫婦相圖，骨肉相食，不避親Γ是以道炁不覆，故放天災於九州之內，白骨千里，雖好者，百不遺一，如此之人，自為剛強，抄賣婦女以為孌妾，上有五六，下有三四，車馬衣裘，富貴奢泰，任情恣意，無所窮之，維行嗚趨，不避老少，但行祆惑，責領奸師，更相厭固，或錄人形象，召人名諱，長付社灶，波也泉水，無不痛處，香美齋餅，求於司命，欲令男女，憎他愛己，迴心附影，以為歡悅，隨時祭杞，遂成野道，雖利目前，殃考在後，食人兒女，盡以及身，破門滅戶，殃及後代，如此祆惑，不可常事。臣以奸惡，故列表上奏，歸命太上三天道主，惟願太上勑下天曹，請下吏兵六甲將軍六丁之神，依咒斬殺野道之氣，誅邪滅偽，太上之制，煞鬼生民，大道正法，割給吏兵，如臣所上，佐臣討伐，立時消滅，如玄都鬼律，急急如律令。

天師曰今日甲貫野道脅，今日乙斷野道發，今日丙斷野道影，今日丁斷野道形，今日戊斷野道手，今日己斷野道脾，今日庚斷野道肝，今日辛斷野道肺，今日壬斷野道心，今日癸斷野道尾，斬野道死，天野道三，地野道五，非主人家親不得住，吾持神咒速出，去江海中，有窮奇共避邪，將咸池食野道肉，啖野道皮，汝不急去死，乃至天師神咒，急急如律令。

天師曰，今日六乙，野道急出，六丙六丁，野道自刑，六戊六己，野道不起，六庚六辛，野道不神，六壬六癸，野道自死，六甲將軍六丁之神斬殺野道，不得近人，天師神咒，急急如律令。

天師曰今日寅申，野道不神，今日卯酉，野道不壽，今日辰戌，野道急出，今日未丑，野道不久，天師神咒，急急如律令。

天師曰五寅五卯斬殺野道，五辰五巳斬殺野道妻子，五午五未斬殺野道祆魅精祟，五申五酉斬殺野道父母，五戌五亥斬殺野道付海，五子五丑斬殺野道頭首，天師神咒，急急如律令。

天師曰，今日甲辰，野道不神，今日甲戌，野道悉出，今日乙庚，野道不行，今日丙辛，野道殺身，今日丁壬，破野道心，今日戊癸，殺野道死，今日甲巳，殺野道棄市，天師神咒，急急如律令。

天師曰，東方野道青龍蛟，南方野道炎火耀，西方野道白虎嘯，北方野道玄武尾掉，中央野道黃帝飲汝血，血出毒出矣，吾知汝姓名，北海大神謂銜狀，身長三丈，頭長三尺，黃金為牙齒如曲鑿，面廣三尺，額頸正白，朝食三千，暮啖八百，野道不盡，見推求索，天師神咒，急急如律令。

太上運炁解厄君百萬人，

無上太中君三千六百人，

無上九帝君三十一萬人，

無上太和君官將，九宮十二營衛諸天虛空，大小一切百姓，有病苦者告諸弟子大一太玄元始炁三十萬億諸國祭酒，今牒中國諸姓字，依名殺之，若有居諸山鬼林鬼，草鬼木鬼，冢鬼墓鬼，家鬼他鬼，水邊鬼道傍鬼，中鬼外鬼，飲食鬼臥時鬼，青赤黃白黑五色鬼，有長鬼短鬼，大地小鬼，廣狡鬼夢寐鬼，朝起鬼夜行鬼，步行鬼飛行鬼，問人鬼呼喚人鬼，傷人鬼，嗔恚鬼，急疾鬼行病放毒鬼，五瘟鬼剔人鬼，有急咒之，鬼自摧滅。

正一真人告諸祭酒弟子，若能受吾是經，有急頭痛目眩寒熱不調，常讀此經，魔魅破碎，不敢當吾咒也，若有官獄水火之災，亦讀此經，宅中有鬼亦讀此經，元君諱字當讀是經，有諸高大廣長鬼神苦撓天下，暴酷百姓，鬼神行病，鬼神行疫，鬼神行炁。鬼神有外□鬼，思想鬼，癃殘鬼，魍魎鬼，熒惑鬼，遊逸鎮鬼，厭咒鬼，伏屍鬼，疰死鬼，淫死鬼，老死鬼，宮舍鬼，停傳鬼，軍營鬼，獄死鬼，市死鬼，驚人鬼，木死鬼，火死鬼，水死鬼，客死鬼，未葬鬼，道路鬼，兵死鬼，星死鬼，血死鬼，通檮鬼，斬死鬼，絞死鬼，逢忤鬼，自刺鬼，恐人鬼，強死鬼，兩頭鬼，騎乘鬼，車駕鬼，山鬼，神鬼，土鬼，山頭鬼，水中鬼，擄梁鬼，道中鬼，羌胡鬼，蠻夷鬼，忌誕鬼，蟲撩鬼，精神鬼，百蟲鬼，井灶池澤鬼，萬道鬼，遮藏鬼，不神鬼，詐稱鬼。一切大小百精諸鬼，皆不得耗病某家男女之身，鬼不隨咒，各頭破作十分，身首糜碎。當誦是經，咒鬼名字，病即除差，所向皆通。此經功德，聖力難量，於是諸祭酒{等，仰歎靈文，欽承法訓，志願奉持，稽首而退。

太上正一咒鬼經竟

附錄二　《上清金真玉光八景飛經》〔註 1〕

上清金真玉光八景飛經#1

上相青童君撰

金真玉光太上隱書

九天丈人受太空靈都金真玉光於元始天王，名之八景飛經，廣生太真名之八素上經，青真小童名之豁落七元，太上大道君名曰隱書玉訣。金章同出於九玄之先，目其上篇而四時名焉。其道高妙，眾經之尊，總統萬真，匡御群仙，玄符流映，洞明紫晨，秘於九天之上大有之宮，金輝紫殿玉寶瓊房。鑄金為簡，以撰靈文，刻玉丹書，以明其篇，流光奕奕，輝煥太空，日月俠照，五晨翼靈。命金華之女、玉晨之童各三千人，侍衛玉文，玉妃典香，靈風揚煙，巨龍毒獸，備守玉闕，瓊鳳撫翼，神鸞蔭玄，眾真宴禮，萬聖朝軒，玉陛騁蓋於霄庭，太帝屈節於幾前，玉皇改度以推運，璇璣命斗以回神，唱神州以齊景，變七轉以舞天，歷三五於神化，散軌度於九玄，策五行以招魂，御豁落以威靈，命八景以登空，攝天魔於金真，披隱書於寂室，詠妙章於無間，理萬帝於上上，總群下於生生。是時建炁之始，九天丈人坐命靈都，攔契玉仙，五老上真、三十九帝、上皇先生、萬始道君、高聖大神、太上大道君、扶桑大帝暘谷神王、南極上元、紫素三元君、西龜王母、太素三元君，上登上上上紫瓊宮玉寶臺七映朱

〔註 1〕道藏（1～36 冊）〔M〕，上海：上海書店出版社，1988：正一部（4 部）。

房，施檄五帝四方司官，靈都神兵，輔衛上元。命上仙太和玉女，施金真招靈攝魔之符，置於五方。太極四真人，誦太空之章，妙唱朗徹，八景齊真，玉光煥霄，豁落洞明，三晨停暉，八風回旋，玄鼓雲蓋，九炁映靈，三五翼贊，六六合併，蓊藹玄玄之上，煥赫鬱乎太冥，飛香繞日，流電激精，華光交灑，神燭合明，流緬千劫，得妙忘旋。於是九天丈人即臨玄臺之上，命左仙侍郎李羽非、監靈使者鄧元生，執九色之麾，瓊文帝章，告盟四明，啟付眾真，太上大道君八景飛經金真玉光豁落七元，位登至上，洞遊玉清，金仙輔翼，五帝衛靈，啟命事悉，雲輪騁蓋，飛虬整駕，龍超霄際，倏頃之間，億仙立會，瓊輪碧輦，流精蓊藹，眾吹雲歌，鳳鳴鸞邁，交煙互集，徘徊玄太，蕭蕭非#2 太霞之上，放浪於無涯之外，各返玉虛之館，豁若靈風之運炁。太上大道君還登峻層之臺，九曲之房，引後聖九玄金闕帝君、上相青君，對齋三月，依盟啟受於二君，使各封一通於金闕上宮、方諸青宮。至大劫之周，三道虧盈，二炁離合，理物有期，承唐之世，陽九放災，翦除凶勃，搜採上賢。至此之年，若有修行大洞之真經，精雌一之幽關，施八道以招無，研金華於三元，誦素靈於寂室，策五行以招魂，佩金神之虎文，移七星於天關，掌玄名於帝圖，建青錄於上清，胞玉秀以結絡，含瓊胎以內靈，絕世好以長阜，獨守默於自然，可得玄授於八景，告妙訣於金真，施招靈於曲宇，置豁落以御神，拔七祖於幽宮，免五苦於刀山，離八難於火鄉，滅負石於宿根。有得此文，超騰九玄，縱跡飛影，洞睹三清。自無其人，累劫勿傳。

《金真玉光八景飛經》，乃生九天之上，無景之先，玄光流映，若無若存，懸精晻藹，洞曜瓊宮，積七千餘劫，其文甚明，仰著空玄之上，太虛之中，覽亦不測，毀亦不亡，煥赫洞耀，徹照十天。於是九天丈人以建始元年，歲在東維，天甲吉辰，清齋太空七寶瓊臺，以金青盟天，請受靈篇，招靈攝魔豁落七元，玄章既測，亦無師宗，不知從何忽然而生。案文施行，八景見形，光燭瓊室，招致萬真，於時啟命帝皇，群仙莫不詣庭，施俯仰之禮，朝宴玉經也。此乃九天之帝信，玉皇之威章，左輔執節仙都，右置侍仙玉郎、五方靈官十億萬人，典衛寶文，營輔佩者之身。依太極四明，萬劫一傳，秘於九天之上大有之宮，金暉紫殿玉寶瓊房，施飛羅自然之帳，玉幾金床，玉晨之童，執香侍左，金華之女，散煙於右，太妃侍前，玉仙輔後，玄雲紫蓋，蔭乎堂宇，諸真仙上聖，一月三登行禮。如是寶訣法告，三五改運，大劫交周，七百年中當行世間。

若有玄名帝簡，玉字紫清，金藏玉骨合真之人，聽得盟傳。輕泄帝寶，七祖、父母，及兆之身，被考三官，充刀山地獄，三徒之中，萬劫不原，奉者詳慎。

元始天王啟之於空玄之上，以傳九天丈人、太真太上大道君#3、青真小童、五老上真、三十九帝、上皇先生、萬始道君、南極上元、紫素三元君、西龜王母、太素三元君、太真夫人。上皇先生以傳紫清帝君，萬始道君以傳黃石先生、三天玉童，太上大道君以傳東海小童、紫微夫人、後聖九玄金闕帝君，帝君以付上相青童君、太極四真人、西城王君。如是寶訣，皆上真口口相傳，上相帝君科校撰集施行祝說法度，先後相次，集為寶卷，今封一通於王屋山石室之中。若有勤尚高志，棄放世榮，登陟靈山，精修苦念，名掌青宮，當得此文，帝君當遣真人玄授兆身。兆得此文，五帝衛房，招靈攝魔，制精御神，修道誦經，上應九天，無復試敗之凶。按法施用，真人下降，與兆共言，不過七年，乘空而行，九年精感，白日登晨。上上之道，不傳非真。

凡有得《金真玉光八景飛經》者身#4，皆玄挺應會，宿命當仙，每以別室燒香，朝夕禮拜，心存神真玉光紫炁，滿於齋堂之中，躬禮崇奉，如眼對神，帝遣金華之女、玉晨之童各二十四人，侍衛兆身，賞功罰過，分別善惡也。又有左右水火二官，糾察漏泄，違科犯禁，罰以風刀之考，愆連七祖。生死之科，明慎修行。

凡修學上道，入山登齋，誦詠靈章，而無此文，施安招靈攝魔之符、豁落七元上法，不得妄動於玉篇，真不為降，天魔犯身。故此文為九天之信，玉皇之章，無信而行，因致道真不得，輕以短見誦詠求仙，積勞無感，反收禍殃，三官執考，滅兆之身。兆欲修道，當備眾經#5，令部數充足，上下相成，俯仰之格，施行合度，齋誦萬遍#6，得真人降房，剋日成仙，不必萬遍，正在精研。

有佩招靈攝魔豁落七元之符，皆太一定生，司命改年，主錄校籍，注上太玄，普告四司五帝靈官，五嶽九河神仙萬靈，皆稽首奉迎，營衛兆身。此上帝真皇章信，故得制神使靈也。凡行此道，不得至冒淹入穢，履生死之污。犯此之禁，真靈高逝，反正上宮，施名不制，反誤兆身，子得其法，慎此為先。

立春之日，三素元君上詣天皇，太帝遊宴之時，元景行道受仙之日也。兆修《金真玉光八景飛經》之法，當以其日沐浴齋戒，清朝入室，燒香行禮，施安招靈致真攝魔之符，置於五方，兆於中央，東北向，叩齒十二通，仰思紫、綠、白三色之雲，東北而回，便心念#7 微言：三素元君，乞回神駕，下降我身，右別我名，賜我神仙。畢，還思東北清微上府始陽宮中，元景司空司錄道君，姓葛，諱太咒獻，形長七寸八分，身著玄黃之綬，頭冠七色耀天玉冠，足躡五色之履，手執威神之策，乘八景之輿，飛龜玄雲之車，驂駕青龍，從太和仙童二十三人，下治兆身泥丸官中，乃微祝曰：

元景大神，玄道回精，上節告始，萬炁混生，九微上化，回降我形，保固元吉，監總帝靈，招真制魔，我道威明，上致太和，玉芝充盈，通神徹視，洞睹三清，得乘飛景，俱升帝庭。畢，仰咽八炁。此元景之道，行之八年，則三素之雲、八輿飛輪，迎兆之身，上升帝晨。所謂八道元景招靈秘言，不傳非仙之人。

春分之日，太微天帝君上詣高上玉皇遊宴之時，始景行道受仙之日也。至其日，如上法，夜半東向，叩齒九通，仰思玄、青、黃三色之雲，東北而回，便心念微言：太微天帝君，乞回神駕，下降我身，上我帝簡，賜我神仙。畢，還思東方青陽上府玄微宮中，始景老子大道君，姓羽，諱幽寃，形長九寸，身著紫青之綬，頭戴九色通天寶冠，足躡九色之履，手執命神之章，從太陽仙童三十六人，乘八景之輿，青雲之車，驂駕蒼龍，下治兆身明堂宮中，仍微祝曰：

始景上元，招靈致真，承炁命節，法典帝先，回精玄蓋，上宴玉晨，回靈下降，鎮固我身，保精練炁，五華結鮮#8，紫炁流映，洞得御神，驂乘飛景，上宴瓊軒。畢，仰咽九炁。此始景之道，行之八年，則玄雲飛輪來迎兆身，上升太清。八道始景秘言，勿傳非仙之人。

立夏之日，太極上真三元真人上詣紫微宮遊宴之時，玄景行直受仙之日也。至其日，如上法，清旦東南向，叩齒九通，仰思青、紫、黃三色之雲，西北回，便心念微言：太極上真，三元真人，乞回神駕，下降我房，書我玉名，使我神仙。畢，還思東南少陽上府太微宮中，玄景玉光無極道君，姓王，諱無英，形長八寸八分，身著丹錦之綬，頭戴無極進賢玉冠，足躡九色之履，手執招靈之章，乘玄景綠輿，五色雲車，驂駕鳳凰，從靈飛仙童三十九人，下治兆身洞房宮中，仍微祝曰：

玄景上靈，驂宴八炁，造景九玄，翱翔無外，回真下降，解我宿滯，蔭以飛雲，覆以紫蓋，得乘八景，上升霄際。畢，仰咽八炁止。此玄景之道，行之八年，則紫、青、黃三色之雲，玄景綠輿來迎兆身，上升太清。玄景八道秘言，勿傳非仙之人。

夏至之日，扶桑公太帝君上詣太微宮遊宴之時也，虛景行道受仙之日。至其日，如上法，清旦南向，叩齒八通，仰思赤、白、青三色之雲，東南而回，便心念微言：扶桑大帝君，乞回神光，下盼兆身，記名東華，得乘飛煙。畢，還南向，思太陽上府紫微宮中，虛景太尉元先道君，姓玄，諱伯史，形長八寸八分，身著絳錦丹綬，頭戴平天曜精玉冠，足躡九色之履，手執制魔之章，乘光明八道之輿，赤雲之車，驂駕鳳凰，從丹臺上宮玉童三十六人，下治兆身中元丹田宮中，仍微祝曰：

虛景啟靈，乘炁旋回，迅駕八道，光明吐威，下降我房，映我丹輝，攝魔御神，萬靈悉摧，使我洞幽，與景齋飛。畢，仰咽八炁止。此虛景之道，行之八年，則致光明八道之輿，來迎兆身，上升太清。虛景八道秘言，勿傳非仙之人也。

立秋之日，太素上真白帝君上詣玉天玄皇高真也，元景行道受仙之日。至其日，如上法，清旦西南向，叩齒十二通，仰思白、赤、紫三色之雲，正西而回，便心念微言：太素真人，乞回神光，下降兆身，奏名玉天，得為真人。畢，思西南少陰上府靈微陽宮之中，元景太一淡天道君，姓黃，諱運珠，形長七寸八分，著玄黃素綬，頭帶七寶進賢之冠，足躡九色之履，手執命神之策，乘倏倐玉輦，五彩朱蓋紫雲之車，驂駕六龍，從黃素上宮仙童二十四人，治兆身下丹田宮中，仍微祝曰：

元景上真，八道玄靈，上治黃母，下治兆形，徘徊神輦，流映紫清，曆運御氣，三炁煥明，制神攝魔，我道洞精，長保上景，飛仙長生。畢，仰咽七炁止。此元景之道，行之八年，則致倏倐玉輦來迎兆身，上升太清。元景八道秘言，勿傳非仙之人。

秋分之日，南極上真赤帝君上詣閬風臺，詣九靈夫人遊宴之時也，明景行道受仙之日。至其日，如上法，清旦西向，叩齒十二通，仰思青、黃、赤三色之雲，西南而回，便心念微言：南極上真，上皇赤帝君，乞回神光，下盼兆房，賜書玉簡，上奏九靈，得乘飛景，升入無形。畢，思正西太陰上府精微兌宮中，明景太和道君，姓浩，諱二儀，形長六寸八分，身著白文素靈之綬，頭戴無極寶天之冠，足躡九色之履，手執度命保生玉章，乘絳琳碧輦，白雲之車，驂駕白虎，從素靈上宮玉童二十二人，下治兆身華蓋宮中，仍微祝曰：

明景道宗，總統九天，弘絡紫霄，迅御八煙，回停玉輦，下降我身，啟以光明，授以金真，豁落招靈，身無稽延，得乘飛景，上晏霄晨。畢，仰咽七炁止。此明景之道，行之八年，則致絳琳碧輿來迎兆身，上升太清。明景八道秘言，勿傳非仙之人。

立冬之日，上清真人帝君皇祖上詣高上九天，玉帝遊宴之時也，洞景行道受仙之日也。至其日，如上法，清旦西北向，叩齒九通，仰思綠、青、紫三色之雲，西南回，便心念微言：上清真人，帝君皇祖，乞回神駕，下降兆房，賜書玉名，上奏上清，得乘飛景，升入無形。畢，思西北陰暉上府清微中宮，洞景司錄太陽道君，姓玄，諱元輔，形長五寸八分，身著玄黃之綬，頭戴九玄飛晨玉冠，足躡五色之履，手執攝殺之律，乘玄景八光丹輦，紫雲之車，驂駕玄武，從太玄仙童二十四人，下治兆身倉命宮中，仍微祝曰：

洞景帝尊，玄靈陰神，乘霞御龍，驂駕飛煙，上游玉清，下治太玄，回降紫輦，來入我身，得乘八景，位同真人。畢，仰咽五炁止。此洞景之道，行之八，則致玄景八光丹輦，下迎兆身，上升太清。洞景八道秘言，勿傳非仙之人。

冬至之日，太霄玉妃太虛上真人上詣太皇宮，太微天帝君遊宴之時，清景行道受仙之日也。至其日，如上法，清旦正北向，叩齒十二通，仰思朱、碧、黃三色之雲，東北而回，便心念微言：太霄玉妃，太虛真人，乞回神駕，下降我房，賜書玉名，奏上太霄，得為真人，遊宴上宮。畢，思北方陰精上府道微宮中，諫議玄和道君，姓玉，諱陰精，形長五寸八分，身著玄雲五色之綬，頭戴玄晨寶冠，足躡五色獅子之履，手執招靈之策，乘徘徊玉輦，錦雲之炁珠玉之車，驂駕玄鳳黑翮，從太玄上宮仙童三十六人，下治兆身玄谷宮中，仍微祝曰：

清景素真，元始同靈，受化九元，含炁朱嬰，徘徊玉輦，逍遙紫清，輪轉八節，緯度天經，削我死錄，保命南生，得乘飛景，按轡綠軿。畢，仰咽五炁止。此清景之道，行之八年，致徘徊玉輦下迎兆身，上升太清。清景八道秘言，勿傳非仙之人。

行八景飛經八道秘訣，上皇玉帝告命諸天十方眾聖、五嶽靈仙，悉來護兆身，降致玄輿飛輦，得與真人同升上清，真皇守兆之命，太一防兆之身，出入遊行，無有兇橫之患。若無仙名玉籍，列圖紫宮幽冥，亦不可以此經啟悟兆心。兆得此經，即東華注簿，位同真人，唯寶唯秘，不可輕宣。妄泄秘言，死滅兆門。

夫修《金真玉光八景飛經》，案置招靈致真攝魔之符，皆當先北向香爐，叩左齒三十六通，詠金真太空之章一遍，然後行事也。詠此一句，上響九天，中徹無間，外朗洞元，玉帝駭聽，群魔束身，此章至妙，故為金真。其篇曰：

天魔乘空發，萬精駭神庭。託化謠歌章，隨變入無名。囂氣何紛紛，穢道當塗生。雲中合朱宮，北帝踴神兵。鼓翔自知道，玄運來相徵。上景按飛轡，飛駕檢雲營。促校北帝錄，收攝群魔名。豁落張天羅，放威擲流鈴。金真輔空洞，玉光煥八冥。金玄守上官，神虎戮天精。翦滅萬袄氣，億億悉齊平。上承九天信，嘯命靡不傾。招真究三洞，慧誦朗且清。八道望玄霞，七轉緯天經。混合帝一真，拔度七祖程。削滅五苦根，反魂更受榮。金光耀寂室，神燭自然生。華香散玉宇，煙氣徹玉京。帝遣徘徊輦，三元降綠軿。迅駕騰九玄，朝禮玉皇庭。

畢，便修所行。如此一遍，天兵輔真，玉帝攝魔，修行上徹，招致真靈，學無此章，仙道不成，天魔所敗，反誤兆身，故撰為篇，審而奉行。

招靈致真攝魔之符一名九天信

青帝招靈致真攝魔之符，以墨書青木簡上，令廣九寸，長一尺二寸，置室東面，修行誦經，入室百日，與神人共言，三年室生自然青霞之雲。欲致真人天仙，當書如法，著符北面，精思百日，真人降形，諸仙詣房，授子神真之道。兆欲攝魔，書符如法，安著中央，誦太空之章一遍，則北帝操兵，天魔喪形，萬精滅景，內外肅清。又墨書青繒九寸，佩身八年，帝降八輿之輪，下迎兆身，白日上升。九天之秘信，兆當寶密。修行其道，道無不降，仙無不成，洩露宣傳，妄與非真，道則遠也，禍滅兆身。

赤帝招靈致真攝魔之符，以青書赤木簡上，令廣九寸，長一尺二寸，置室南面，修行誦經，入室百日，與神人共言，三年室生自然赤霞之雲。欲致真人天仙，當書如法，著符東面，精思百日，真人降形，仙人詣房，授子神真之道。兆欲攝魔，書符如上法，安著西方，誦太空之章一遍，則北帝操兵，天魔喪形，萬精滅景，內外肅清。又青書絳繒九寸，佩身八年，帝降八景之輿，下迎兆身，上升太清。九天秘信，兆當寶密。修行其道，道無不降，仙無不成。泄語三人，傳付非真，道則遠也，禍滅兆身。

白帝招靈致真攝魔之符，以黃書白木簡上，令廣九寸，長一尺二寸，置室西面#9，修行誦經，入室百日，與神人共言，三年室生自然白霞之雲。欲致真人天仙，當書如上法，著符中央，精思百日，真人降形，仙人詣房，授子神真之道。兆欲攝魔，當書符如法，安著東面，誦太空之章一遍，則北帝操兵，天魔喪形，萬精滅景，內外肅清。又黃書白繒九寸，佩身八年，帝降玄景綠輿，下迎兆身，上升太清。九天秘信，兆當寶密。修行其道，道無不降，仙無不成。泄語三人，傳付非真，道則遠也，禍滅兆身。

黑帝招靈致真攝魔之符，以白書黑木簡上，令廣九寸，長一尺二寸，置室北面，修行誦經，入室百日，與神人共言，三年室生自然黑霞之雲。欲致真人天仙，當書如上法，著符西方，精思百日，真人降形，仙人詣房，授子神真之道。兆欲攝魔，書符如法，安著南面，誦太空之章一遍，則北帝操兵，天魔喪形，萬精滅景，內外肅清。又白書黑繒九寸，佩身八年，帝遣光明八道之輿，下迎兆身，上升太清。九天秘信，兆當寶密。修行其道，道無不降，仙無不成。泄語三人，傳付非真，道則遠也，禍滅兆身。

黃帝招靈致真攝魔之符，以朱書黃木簡上，令廣九寸，長一尺二寸，置室中央，修行誦經，入室百日，與神人共言，三年室生自然黃霞之雲。欲致真人天仙，當書如上法，著符南面，精思百日，真人降形，仙人詣房，授子神真之道。兆欲攝魔，書符如法，以著北面，誦太空之章一遍，則北帝操兵，天魔喪形，萬精滅景，內外肅清。又朱書黃繒九寸，佩身八年，帝遣徘徊之輦，下迎兆身，上升太清宮。九天秘信，兆當寶密。修行其道，道無不降，仙無不成。泄語三人，傳付非真，道則遠也，禍滅兆身。

書符都畢，北向叩齒三十六通，微祝曰：

九天有命，普告萬靈，三代相推，五炁交並，五帝顯駕，控轡霄庭，施布正法，收魔束精，剪戮凶祅，萬道齊平，道流後學，帝君記名，招真洞幽炁交無形，變景煉骨，道升三清，得迅飛輿，上造玉庭。畢，隨位置符，真仙立降，身無禍殃。學無此道，鮮不喪身，可謂妙法，不學自仙也。

帝君豁落七元上符一名帝皇威章

此一元豁落日精之符。兆欲修行誦經求仙，當以雌黃書生碧上，佩身。兆欲上致真人，朱書白紙，東向服之，精思百日，真人降房，與兆共言。兆欲制魔，當以青書黃木九寸板上，著月建上，天魔自消，萬精束形。帝皇之章，慎勿泄揚，秘而奉修，七年飛仙。

此二元豁落月精之符。兆欲修行誦經求仙，當以空青書絳繒，佩身。兆欲通靈致神，黃書白紙，西向服之，精思百日，神人降形，與兆共言。兆欲制魔攝精，當以黑書赤木九寸板上，施著東北之上，百日，北帝捕魔，天元攝精，萬祆絕滅，內外蕩清。帝皇之章，秘而修行，七年飛仙，白日昇天。

此三元豁落歲星精符。兆欲行道求仙，當以朱書生碧，佩身。兆欲致東嶽真人仙官，當以黑書青紙，東向服之，精思百日，仙官立到，真人詣房，賜兆神仙之藥也。兆欲制青帝之魔，當以白書青木九寸板上，著東面百日，天魔束形，萬精自喪。帝皇之章，秘而修行，七年飛仙，白日昇天。

此四元豁落太白星精符。兆欲行道求仙，當以雌黃書白素，佩身。兆欲致西嶽真人仙官，當以黃書白紙，西向服之，精思百日，仙官立到，真人詣房，賜兆真書，與兆共言。兆欲制白帝之魔，當以朱書白木九寸板上，向西面百日，天魔束形，萬精自喪。帝皇之章，行之七年，神仙度世，白日昇天。

此五元豁落熒惑星精符。兆欲行道求仙，當以雌黃書生紫，佩身。兆欲致南嶽真人仙官，當以青書赤紙，南向服之，精思百日，仙官立到，真人詣房，賜兆神芝寶文，與兆共言。兆欲制赤帝之魔，當以黑書赤木九寸板上，向南面百日，天魔束形，萬精自喪。帝皇之章，行之七年，神仙度世，白日昇天。

此六元豁落辰星精符。兆欲行道求仙，當以黑書黃素，佩身。兆欲致北嶽真人仙官，當以白書黑紙，向北服之，精思百日，仙官立致，真人詣房，賜兆神仙之藥，與兆共言。兆欲制黑帝之魔，當以黃書黑木九寸板上，向北面百日，天魔束形，萬精自喪。帝皇之章，行之七年，神仙飛行，白日昇天。

此七元豁落鎮星精符。兆欲行道求仙，當以朱書青碧，佩身。兆欲致中嶽真人仙官，當以朱書黃紙，向太歲上服之，精思百日，仙官立到，真人詣房，授兆神仙之藥，五老真書。兆欲制黃帝之魔，當以青書黃木九寸板上，置於太歲之上百日，天魔束形，萬精自喪。帝皇之章，行之七年，神仙飛行，白日昇天。

此高上玉帝元皇道君，受九天丈人豁落七元之符，主致上真飛仙之官，通靈徹視，與神交言，制魔伏靈，威攝十方，流火萬里，坐在立亡，行之九年，得乘玄輿，飛行上清。

施行上道，修行求仙，攝魔御精，書符如法，北向叩左齒三十六通，存日月五星精光，洞映兆身；微祝曰：

七元煥落，流威吐精，擲光萬里，神耀五靈，上攝北酆，檢錄鬼名，天帝命章，剪戮覔生，我備豁落，流金火鈴，內保六府，外引流精，飛仙真人，與我齋並，洞睹空洞，三道合明，得御玄雲，驂駕綠軿，攜率五嶽，運我升清。畢，隨位施用七年，克有真人來降，授兆上真寶文也。

夫有金骨玉名，紫字上清，得佩招靈致真攝魔之符、豁落七元之符，則九天記名，帝告萬真四司靈官，右別兆身，出入行來，登陟五嶽，仙官衛迎，萬魔伏首，群凶喪精。修行百日，與神通靈，真人下降，授兆真經也。七年之中，得乘飛軿，遊戲五嶽，出入三清。泄語三人，傳不得真，七祖父母，下及兆身，並充刀山，三徒之中，萬劫不原。得者保秘，慎如#10 四明。

凡上學之士，道成飛昇，而無此文，亦九天玉司不遣兆仙，天闕之門亦不可得前，五嶽之官亦不衛兆之身。故九天之信，帝皇之章，施於已成真人，不行於世。得者便仙，其有左輔執節，仙都右置，侍仙玉郎，五方靈官，典衛此文，不可輕慢，泄露上真，有犯其禁，死滅兆身。上古之科，萬劫一傳，今有其人，七百年中聽得三傳。依明科之法，師弟子對齋九十日，齎金龍、玉魚各一枚，紫紋百尺，上金三兩，以奉有經之師，誓於九天之信。無盟而傳，身被風刀之考，受而無信，輕道賤真，身沒鬼官，愆連七玄。故四極明科有三分之信，師受不依科文，以營他用，死沒三官，長充地獄，萬不得仙。

趙伯玄，昔師萬始先生，受書道成，當登金闕，而無招靈致真、豁落七元二符，於俯仰之格，方退還戎山，七百年後，詣清真小童，依盟受之，誓於委羽之山，今升為上清左司君。

王君以經於陽洛山，十一月上午子時，盟九天以傳南嶽夫人，今封於陽洛山中。

南嶽松子，以陽朔之年，於太華山傳經於谷希子，令封一通於鳥鼠山中。

桐栢真人，以六月二十九日，以此文授許遠遊。

上清金真玉光八景飛經竟

#1 按敦煌本卷末題曰：『如意元年（692）閏五月十三日經生郞忠寫』。可知為唐武后時抄本。以下僅校補《道藏》本錯漏字，異體字不校。

#2 敦煌本無『非』字。疑『非』字當作『於』。

#3『元始天王啟之於空玄之上，以傳九天丈人、太真太上大道君』，敦煌本作『九天丈人受之於空玄，以傳元始天王、廣生太真太上大道君』。

#4『者身』，敦煌本作『之身』。

#5『經』字原本作『聖』，據敦煌本改。

#6『萬遍』，敦煌本作『一遍』。

#7『念』字原作『合』，據敦煌本改。

#8『五華結鮮』，敦煌本作『五藏潔鮮』。

#9『西面』原作『西南』，據敦煌本改。

#10『如』字原作『負』，據敦煌本改。

附錄三　《元始五老赤書玉篇真文天書經》〔註1〕

元始五老赤書玉篇真文天書經卷上

東方安寶華林青靈始老，號曰《生神寶真洞玄章》。南方梵寶昌陽丹靈真老，號曰《南雲通天寶靈衿》。中央玉寶元靈元老，號曰《寶劫洞清九天靈書》。西方七寶金門皓靈皇老，號曰《金真寶明洞微篇》。北方洞陰朔單鬱絕五靈玄老，號曰《元神生真寶明文》。五老玉篇，皆空洞自然之書，秘於九天靈都紫微宮七寶玄臺，侍衛五帝神官，依玄科四萬劫一出。

《元始洞玄靈寶赤書玉篇真文》，生於元始之先，空洞之中。天地未根，日月未光，幽幽冥冥，無祖無宗，靈文晻藹，乍存乍亡。二儀待之以分，太陽待之以明。靈圖革運，玄象推遷，乘機應會，於是存焉。天地得之而分判，三景得之而發光。靈文鬱秀，洞瑛上清，發乎始青之天而色無定方。文勢曲折，不可尋詳。元始煉之於洞陽之館，冶之於流火之庭，鮮其正文，瑩發光芒，洞陽氣赤，故號赤書。靈圖既煥，萬帝朝真，飛空步虛，旋行上宮，燒香散華，口詠靈章。是時天降十二玄瑞，地發二十四應，上慶九天之靈奧，下贊三天之寶文。神風既鼓，皇道咸暢，元始登命，太真按筆，玉妃拂筵，鑄金為簡，刻書玉篇，五老掌錄，秘於九天靈都之宮。玉女典香，太華執巾，玉童侍衛，玉陛

〔註1〕道藏（1～36冊）〔M〕，上海：上海書店出版社，1988：洞真部（1部）。

朝軒，九天上書，非鬼神所聞。天寶之以致浮，地秘之以致安，五帝掌之以得鎮，三光乘之以高明，上聖奉之以致真，五嶽從之以得靈，天子得之以致治，國祚享之以太平。寔靈文之妙德，乃天地之玄根。威靈恢廓，普加無窮，蕩蕩大化，為神明之宗。其量莫測，巍巍乎太空。

《元始五老赤書玉篇》，出於空洞自然之中，生天立地，開化神明。上謂之靈，施鎮五嶽，安國長存，下謂之寶，靈寶玄妙，為萬物之尊。元始開圖，上啟十二靈瑞，下發二十四應。一者是時無天無地，幽幽冥冥，靈文晻藹，無有祖宗，運推自來，為萬氣之根，空洞結真，氣清高澄，成天廣覆，倏欻自玄。二者是時二象分儀，氣流下凝，開張厚載，一時成形。三者是時三萬六千日月一時同明，照曜諸天，無幽不徹。四者是時上聖大神，妙行真人，無鞅數眾，朝禮玉庭，旋行太虛，讚誦靈文。五者天發自然妓樂，千百萬種一時同作，激朗雲宮，上慶神真。六者靈風百詠，空生十方，官商相和，皆成洞章。

七者璇璣停關，星宿不行，天無晝夜，四運齊晨。八者紫雲吐暉，流灑諸天，一切萬物，普受光明。九者春秋冬夏，不暑不冰，四氣柔和，枯朽皆生。十者五鎮安立，符圖經文，一時開張，表見玄虛，普教無窮。十一者是時懸下七寶神奇，以散諸地，資生兆民。十二者七寶奇林，一時空生光明，垂蔭彌覆十天。其十二靈瑞，空生自然，玄圖肇運，表明靈文。地發二十四應，上慶神真。一者是時天氣混沌，未有光明，晨雞啟旦，四景朗清，天玄地張，成生五行。二者三萬六千日月，於上下同光明，向幽夜照曜無窮。三者青鳥#1。銜書，以告五帝，正天分度。四者白虎吐金，安鎮五靈。五者青龍奉符，以告水帝，制會促運，江海開張。六者瓊龍#2・銜璽，以獻帝王，安國保祚，五鎮長存。七者鸞嘯鳳唱，飛鳴邕邕。八者群烏翔舞，飛掀天端。九者蛟龍踊躍，鼓洋淵澤。十者河水停流，魚鱗交會。十一者甘露自生，芝英滂沱。十二者冬不冰霜，枯木並榮。十三者林木禾稼，冬夏生華，結實繁茂，無有凋傷。十四者四氣調和，災疫不行，天人悅慶，無有夭年。十五者毒螫閉齒，不生害心。十六者獅子猛獸，依人為鄰。十七者天下男女，盲聾跛痾，一時復形，無有傷疾，皆得康強。十八者老年反少，少年不老，華容偉貌，精彩光明。十九者鳥獸六畜，懷胎含孕，已生未生，皆得生育，無有折傷。二十者婦女懷妊，普天生男。二十一者地藏發洩，金玉露形，散滿道路，無有幽隱。二十二者天震地裂，枯骨更生，沉屍飛魂，並起成人，天下歌唱，欣國太平。二十三者地生蓮華，天人稱慶，莫不欣欣。二十四者五嶽洞開，符經並出，教導天人，是時學者，莫不飛仙。其二十四應，上贊元始之靈圖，欣五老之開明。靈文既振，道乃行焉。天地開張，正法興隆，神風遐著，萬氣揚津。五帝輔翼，驅策天仙，役御神官，運導陰陽。固三景於玄根，保天地以長存，鎮五嶽於靈館，制劫運於三關，建國祚以應圖，導五氣以育民。敷弘天元，普教十方，威靈恢廓，無幽不開，神奇堂堂，難可稱焉。

是時上聖太上大道君、高上玉帝、十方至真，並乘五色瓊輪、琅輿碧輦、九色玄龍、十絕羽蓋、三素流雲；諸天大聖、妙行真人，皆乘碧霞九靈流景飛雲玉輿。慶霄四會，三晨吐芳，飛香八湊，流電揚烽，華精灌日，三景合明，神霞煥爛，流盻太無。從五帝神仙、桑林千真、獅子、白鵠、虎豹、龍麟。靈妃散華，金童揚煙，五道開塗，三界通津，徘徊雲路，嘯命十天。上詣上清太玄玉都寒靈丹殿紫微上宮，建天寶羽服，詣元始天尊金闕之下，請受《元始靈寶赤書玉篇真文》。於是天尊命引眾真入太空金臺玉寶之殿九光華房。靈童玉女，侍衛左右，九千萬人。飛龍毒獸，備守八門，奔蛇擊劍，長牙扣鐘，神虎仰號，獅子俯鳴，麟舞鳳唱，嘯歌邕邕。天鈞奏其衿蓋，玉音激乎雲庭。上聖五老、太上大道君稽首而言：伏聞元始革運，玄象開圖，靈文鬱秀，神表五方。天地乘之以分判，三光從之以開明。此大宗之業，可得暫披於靈蘊乎。

臣過承未天之先，於大劫之中，殖真於九靈之府，稟液於五英之關，受生乎玄孕之胞，睹陽於冥感之魂，拔領太虛，高步長津，朗秀三會，濯瀾上玄，流景冥華之都，抗志八圓之中，叨受開明之司，過蒙玄師之宗。撫念群生，悼運流遷，皇道既暢，真亦冥行。私心實欲使雲蔭八遐，風灑蘭林，寒條仰希華陽之繁，朽骸蒙受靈奧之津。不審《靈寶五篇玉文》，可得見授，下教於未聞者乎。

元始天尊方凝真遐想，撫几高抗，命召五帝，論定陰陽，推數劫會，移校河源，檢錄天度，選擇種人，指拈太無，嘯朗九玄，永無開聽於陳辭，乃閉閡於求真之路。太上道君啟問不已，元始良久乃垂眄眥之容，慨爾歎曰：微乎深哉，子今所扣，豈不遠乎。此元始之玄根，空洞自然之文，保劫運於天機，鎮五靈以立真。今三天整運，六天道行，雜法開化，當有三萬六千種道，以釋來者之心。此法運訖，三龍之後，庚子之年，雜氣普消，吾真道乃行。今且可相付，當錄於上館，未得行於下世，教始學之人。玄科有禁，不得便傳。君自可詣靈都紫微上宮，視天音於金格，取俯仰於神王也。然後當使得備天文，以總御元始之天也。於是太上大道君、眾真同時退齋三月，詣靈都宮，受俯仰之格。乃知天真貴重，難可即聞，還乃更詣元始天尊，諮以禁戒之儀，遜謝不逮，天顏愍論，靈闕廓開，登命五老上真，披九光八色之蘊雲錦之囊，出《元始赤書玉篇真文靈寶上經》，以付太上大道君、高上玉帝、十方至真、諸天大聖、妙行真人。使依玄科，六天氣消，按法以傳。

東方安寶華林青靈始老九天炁青天赤書玉篇真文

右二十四字篆文。

右三十二字篆文。

右三十二字篆文。

右三十二字篆文。

《東方青帝靈寶赤書玉篇》，上二十四字，書九天元臺，主召九天上帝校神仙圖錄。其下三十二字，書紫微宮東華殿，主召星官，正天分數。其下三十二字，書東桑司靈之館，主攝鬼魔，正九天氣。其下三十二字，書九天東北玉闕丹臺，主攝東海水帝，大劫洪災之數，召蛟龍及水神事。合一百二十字，皆元始自然之書也。一名《生神寶真洞玄章》，一名《東山神咒八威策文》。

東方青帝符靈寶九炁天文化生赤帝炁

右少陽之氣，化生太陽三氣丹天，主小劫巳，大劫午運周，赤帝行佩此文度其災。以朱書青繒九寸佩身。

東方安寶華林青靈始老君符命

右元陽之氣，生九炁青天，寶東方青帝治九九八十一周，則九天炁交，為大劫更始。佩此文則與運推移，度洪災。青筆書文。

南方梵寶昌陽丹靈真老三天炁丹天赤書玉篇真文

右三十二字篆文。

右三十二字篆文。

右四十字篆文。

右四十八字篆文。

《南方赤帝靈寶赤書玉篇》，上三十二字，書九天洞陽之館，主九天神仙圖籙金名。其下三十二字，書三炁丹臺，主召星官，明度數，正天分。其下四十字者，主制北酆，正鬼氣。其下四十八字，主攝南海水帝。大運交，洪水四出，召蛟龍水神事。題於西南陽正玉闕，合一百五十二字。皆南方梵寶昌陽丹靈真老君自然之書也。一名《南雲通天寶靈衿》，一名《九天神咒》，一名《赤帝八威策文》。

南方赤帝符靈寶三炁天文化生黃帝炁

右太陽之炁，化生中元，主小劫丑未，大劫辰戌，九天炁交，黃帝行佩此文，防陽九。黃書絳繒三寸佩身。

南方梵寶昌陽丹靈真老君符命

右洞陽之炁，生三炁丹天，寶南方赤帝治九天運周，陽炁激，大劫終。佩此文度災橫，見太平。丹筆書文。

中央玉寶元靈元老一十二炁黃天赤書玉篇真文

右四十字秘篆文。

右四十字篆文。

十六字秘篆文。

右四十八字篆文。

《中央黃帝靈寶赤書玉篇》，上四十字，書太玄玉寶玄臺，主神仙玉簡宿名總歸仙炁。其下四十字，主攝星官，正天度數。其下十六字，主攝北帝，正天氣，檢鬼精。其下四十八字，主攝中海水帝、四泉之水、洪災湧溢之數，召水神及蛟龍事。此文皆題玄都之臺四壁也，合一百四十四字。皆中央玉寶元靈元老一君自然之書也。一名《寶劫洞清九天靈書》，一名《黃神大咒》，一名《黃帝威靈策文》。

中央黃帝符靈寶一氣天文化生白帝炁

右元一之炁，化生少陰七炁素天，主小劫申、大劫酉，大運交會，洪災掃天，白帝行佩此文，得過太陽九。白書黃繒三寸佩身。

中央玉寶元靈元老君符命

右元皇之氣，生元一黃炁之天，寶中央黃帝治九九運終，陽炁激，陰炁勃，大災湧水，彌天掃穢。佩此文度天災見太平君。黃筆書之。

西方七寶金門皓，皇老七炁白天赤書玉篇真文

右四十八字篆文。

右二十四字秘篆文。

右十六字秘篆文。

右四十八字篆文。

《西方白帝靈寶赤書玉篇》，上四十八字，書九天素靈宮北軒之上，主召仙炁。其下二十四字，題金闕之玄窗，主攝白帝星官，正明天度。其下十六字，主攝六天鬼炁。其下四十八字，主攝西海水帝及水中萬精，召雲龍以防水災。此文皆題九天金闕三圖之綰，合一百三十六字，皆西方七寶金門皓靈皇老君自然之書也。一名《金真寶明洞微篇》，一名《西山神咒》，一名《八威召龍文》。

西方白帝符靈寶七炁天文化生黑帝炁

右少陰之炁，化生太陰五炁玄天，主小劫亥，大劫子，陽炁之極，百六乘九，黑帝行佩此文，度甲申大水洪災，以黑書白繒七寸佩身。

西方七寶金門皓靈皇老君符命

右元陰之氣，生七炁素天，寶西方白帝、治九九陰炁湧，陽炁否，九天炁交，為大陽九之災。佩此文，其行時則宴鴻毛而高翔，觀洪波於天際也。當白筆書文。

北方洞陰朔單鬱絕五靈玄老五炁玄天赤書玉篇真文

右四十字秘篆文。

右三十二字秘篆文。

右二十四字秘篆文。

右二十四字秘篆文。

《北方黑帝靈寶赤書玉篇》，上四十字，出鬱單無量玄元紫微臺北軒之書，主諸真人神仙圖籙。其下三十二字，是天北元玄門中書也，主北方星官正天氣。其下二十四字，主攝天魔北帝萬鬼事。其下二十四字，主攝北海水帝制水中萬精，召蛟龍以負身。此文皆書北單鬱絕元之臺，合一百二十字。皆北方洞陰朔單鬱絕五靈玄老君自然之書也。一名《元神生真寶明文》，一名《北山神咒》，一名《八威制天文》。

北方黑帝靈寶五炁天文化生青帝炁

右太陰之氣，化生少陽九炁青天？主小劫亥、大劫子，陰炁勃，天地周，青帝行佩此文，度洪流大水之災。以青書黑繒五寸佩身。

北方洞陰朔單鬱絕五靈玄老君符命

右洞陰之炁，生五氣玄天，寶北方黑帝治九九大運交，陰炁勃，陽炁激，九天炁交，為天地大災。佩此文則免洪流萬癘之中，當朱筆書文。

《元始赤書玉篇真文》，上清自然之靈書，九天始生之玄劄，空洞之靈章。成天立地，開張萬真，安神鎮靈，生成兆民，匡御運度，保天長生。上制天機，中檢五靈，下策地祇。嘯命河源，運役陰陽，召神使仙。此至真之文，妙應自然，致天高澄，使地固安，五嶽保鎮，萬品存焉。元始刻題上帝靈都之綰，累經劫運，而其文保固天根，無有毀淪。與運推遷，混之不濁，穢之愈清，毀之不滅，滅之極明。大有之文，天真所尊，自光真名，帝圖刻簡，昭示來生。斯文隱秘，不得窺聞。有得之子，與三氣長存，勤行其法，克致神仙。但精心躬奉，家國安寧，保命度、災，掃諸不祥。天子侯王奉之，致國太平，凶寇自夷，邊域不爭，兆民歌唱，普天興隆。運推數周，正道當行。有得之者，坐招自然。天真妙重，九天所秘，不得輕泄，考罰爾身。

元始五老靈寶官號

東方安寶華林青靈始老，號日蒼帝，姓爛，諱開明，字靈威仰。頭戴青精玉冠，衣九炁青羽飛衣。常駕蒼龍，建鶉旗，從神甲乙官將九十萬人。其精始生，上號東方青牙九炁之天，中為歲星，下為泰山。其炁如春草之始萌，其光如暉日之初降。下有朝華之淵，上有流英之宮。室有青腰玉女，堂有太上真王。玉女乘九山之獸，真王駕九光神龍，上導九天之和氣，下引九泉之流芳。養二儀以長存，護陰陽以永昌。天致元精於太極，地保山嶽於句芒，神運靈虛於寂臺，人養五臟於唇鋒，所以營溉之者無極，存之者不終。於是回萬劫而更始，安國祚而方隆，採流霞於上宮，卻衰朽而童蒙。爾乃鵬舉九遐，上登玄洞，仰尋太真之靈官，與仙寶而為宗。大哉靈寶，青牙長存，由始老九炁之功。

南方焚寶昌陽丹靈真老，號日赤帝，姓洞浮，諱極炎，字赤熛弩。頭戴赤精玉冠，衣三炁丹羽飛衣，常駕丹龍，建朱旗，從神丙丁官將三十萬人。其精始生，上號南方朱丹三炁之天，中為熒惑星，下為霍山。其氣如降雲之包日，其光如玄玉之瑛淵。下有赤泉之丹池，上有長生之朱宮。室有太丹玉女，居於太陽三山之上。堂有元炁丈人，駕三角之麟。上導泰清玄元之靈化，下和三炁之陶鎔。今萬物之永存，運天精於南夏，養人精於丹唇。所以採之者無終，營之者永存。於是卻凋老於反嬰，易枯朽而茂繁，禳秋霜之落葉，反光華於萬春。爾乃龍昞空洞，鸞翔雲端，忽縱心而豁朗，無塵埃之是戀。

寔九天之玄根，開元首之妙門。大哉靈寶，朱丹長生，由真老三黑之動。

中央玉寶元靈元老，號日黃帝，姓通班，諱元氏，字含樞紐。頭戴黃精玉冠，衣五色飛衣，常駕黃龍，建黃旗，從神戊巳官將十二萬人。其精始生，上號中央元洞太帝之天，中為鎮星，下為嵩高山。上出黃氣，下治地門。其煙如雲，徑炁九天。元精往來，炁真如弦。太上無極，下生神靈。其光如飛景之羅朝日，其明如朗月之照幽域。內有玄膺九窗之關，外有醴泉玉漿之池。真人名曰子丹。天中黃庭戊巳，天倉玉女卻死養生。官號日太帝，總御九天之兵，乘地軸之輦，從六丙六丁。遷賞道功，誅罰魔精。上等自然之和，下旋五土之靈。天地守以不虧，陰陽用之不傾。天氣柔順而無極，人漱唇齒以不零。於是抗虞淵之頹日，反朝霞之始萌，延惛朽之枯#，革休滅而方清，光顏燦然而還初，炁充然而流盈。爾乃虹步八域，上升雲路，超群萃而凌盼，挹天氣而自度。返真仙於太微，極三光而告暮。巍巍乎太虛，可謂停靈運於元祚。妙哉靈寶，黃庭長生，由一炁之永固。

西方七寶金門皓靈皇老，號曰白帝，姓上金，諱昌開，字曜魄寶，一字白招拒。頭戴白精玉冠，衣白羽飛衣，常駕白龍，建素旗，從神庚辛官將七十萬人。其精始生，上號明石七炁之天，中為太白，下為華陰山。其氣如明月之落於景雲，其光如幽夜之睹於明珠。白龍銜芝草而啟騰，靈真降素醴而沾濡。其乃士天之靈澤，上真之瓊腴，氣甘和而淡妙，雖鼎味而不殊。下有玉泉長河，上有流英之樓。室有太上素女，堂有元氣大夫。乘崩山之墜虎，騁雲輦於虛無。上導洪精於士天，下和眾生於靈衢。挹雲露於皓芝，飲靈液於龍鬚，叩天池而鳴鼓，收甘津於舌頭。所以存之者若遂，為之者永居，卻素髮而玄黑，反枯朽而嬰孩。爾乃鳳舞景漢，朗嘯清虛，枕雲岫而練神，養精和於太初，收真人而為友，焉知榮辱之所如。大哉靈寶，明石長生，由七炁之娛。

北方洞陰朔單鬱絕五靈玄老，號曰黑帝，姓黑節，諱靈會，字隱侯局，一字葉光紀。頭戴玄精玉冠，衣玄羽飛衣，常駕黑龍，建皂旗，從神壬癸官將五十萬人。其精始生，上號玄滋五炁之天，中為辰星，下為常山。其氣如飇風之激於炎林，其光如流星之墮於洪波。煎玉飴於龍鼎，汲玄炁於天湖。下有長生之淵，中有太上之家。室有夜光玉女，服雲林之翠羅，乘雲虬以啟真，駕鹿輦於天河，逍遙取道於玄元之根，保和始生於九玄之阿。上導五帝之流炁，下拯生生之眾和，護二儀而不傾，保群命以永安。天致元精於太玄真人，養六府於齒牙。所以為之者長存，用之者壽多，漱神津於元首，含淳和而弗華。於是迴陽光之西傾，還冥夜於東陵，卻衰枯而絕煙，反童稚而方升，鼓雲池而鬱勃，見鯀欻而龍騰。友真人以為好，與靈仙而高登，其德洪矣，焉有能勝。大哉靈寶，玄滋長生，由五氣之興。

元始五老出五帝真符，以度五帝人，天光開陽，出此文玄都宮。

元始青帝真符

召直符更生守靈寶天文。道士吞之，靈氣鎮肝，生青精寶華九葉神，為役使通靈致神仙。

右上始天光文，出青帝真文篇，以安東方九炁之天。青帝受此文以鎮東嶽，封一通九靈洞室，四萬劫一開。道士命屬東嶽，青書絳繒佩身。並本命日朱書，向東服之九枚，直符吏區更生隨符入腹肝藏之府，九年皆生青精寶華九重，光映於形外。又當青書絳文，內神杖上節中，衣以神衣，青腰玉女九人侍衛。勿不精，有考吏。

元始赤帝真符

召直符昌中守靈寶天文。道士吞之，靈氣鎮心，生丹精寶華三葉神，為役使通靈致神仙。

右上陽明文，出赤帝真文篇，以安南方三黑之天。赤帝受此文以鎮南嶽，封一通南霍之阿，四萬劫一開。道士命屬南嶽，赤書黃繒上佩身。並本命日朱書，向南服之三枚，直符吏祝昌中隨符入腹心府之中，三年皆生赤精寶華三重，光映於形外。又當赤書黃繒，內神杖次青帝下節中，太丹玉女三人侍衛。勿不精，有考吏。

元始黃帝真符

召四方直符守靈寶天文元中央正吏。道士吞之，靈氣鎮脾，生黃精寶華十二葉神，為役使通靈致神仙。

右總靈文，出黃帝真文篇，以安中央一炁之天。黃帝受此文，天炁中開運，應轉輪此文，始見天關停輪，無有晝夜。元始收其本文，還於上元之炁，黃帝中嶽則闕此一文。今所以書於舊經者，為使存之不絕。四帝共典衛於上宮，無正吏可守。道士命屬中嶽，自可黃書白繒佩身。並本命日朱書，向王服之十二枚，無吏可隨，然十二年亦生黃精寶華十二重於脾藏之中也。又黃書白繒，內神杖次赤帝下節中。道士所以偏得佩此文者，值以有黃帝生人，使以應天之炁，雖爾，亦闕無守吏。勿不精，有考吏。

元始白帝真符

召直符曲正守靈寶天文。道士吞之，靈炁鎮肺，生白精寶華七葉神，為役使通靈致神仙。

右光元靈文，出白帝真文篇，以安西方七炁之天。白帝受此文以鎮西嶽，封一通於金穴九掖洞中，四萬劫一開。道士命屬西嶽，白書黑繒佩身。並本命日朱書，向西服之七枚，直符吏辱曲正隨符入腹肺府之中，七年皆生白精寶華七重，光映於形外。又當白書黑繒，內神杖次黃帝下節中，太素玉女七人侍衛。勿不精，有考吏。

元始黑帝真符

召直符尹豐守靈寶天文。道士吞之，靈氣鎮腎，生玄精寶華五葉神，為役使通靈致神仙。

右通明文，出黑帝真文篇，以安北方五炁之天。黑帝受此文以鎮北嶽，封一通於玄陰洞室，四萬劫一開。道士命屬北嶽，黑書青繒，佩身。並本命日朱書，向北服之五枚，直符吏尹豐隨符入腹腎府之中，五年皆生黑精寶華五重，光映於形外。又當黑書青繒，內神杖次白帝下節中，太玄玉女五人侍衛。勿不精，有考吏。

五帝真符，上精在天為五星，中精在人身中為五臟，下精在地為五嶽。故三元之炁，各有所屬。天無五文，三光不明。人無五文，無以立形。地無五文，五嶽不靈。五帝真符，以元始同生，舊文今秘於玄都紫微宮，侍真五帝神官五億萬人。諸天皆一月三朝真文，有火水陰陽官考，禁於漏泄。元始天尊封於神杖之中，常以隨身。所以爾者，秘掌天真，不欲離身形須臾爾。

元始神杖，用靈山向陽之竹，令長七尺，總七節，上下通直，以五符次第置其中。空上一節，空下一節，以應天象地也。

道士隱學，書文置東方，則東嶽仙官至。長齋百日，精思靈寶尊神，則天真下降，給青腰玉女九人，取東嶽神仙芝草，不死之藥。青帝鬼魔遠捨九萬里，一方凶勃惡獸毒螫，皆不生害心，反善仁人。長齋修行二十四年，身得神仙。但佩此文，亦得尸解，轉輪成仙。國土東方及春三月有災，欲使東鄉安鎮，當赤書青石上，鎮東方九日，災自滅，凶逆自消。一方仁人，蒼龍來翔，善瑞自至，國土太平。書文佩身，卻諸禍殃，身無橫患，常與神明相當，保國寧家，享福無窮。

道士書文置南方，則南嶽仙官至。長齋百日，精思靈寶尊神，則天真下降，給朱陵玉女八人，取南嶽神仙芝草不死之藥。赤帝鬼魔遠捨八萬里，一方凶勃惡獸毒螫皆不生害心，反善仁人。長齋修行二十四年，身得神仙。但佩此文，亦得尸解，轉輪成仙。國土南方及夏三月有災，欲使南鄉安鎮，當朱書赤石上，鎮南方八日。災自滅，凶逆自消。一方仁人，善瑞顯明，鳳凰來遊，白鸞飛鳴，天人歌詠，欣國太平。書文佩身，萬災不生，禳凶卻穢，坐致神靈，福慶無窮，延年長生，家致興隆，國祚安寧。

道士書文置中央，則中嶽仙官至。長齋百日，精思靈寶尊神，則天真下降，給黃素玉女十二人，取中嶽神仙芝草不死之藥。黃帝鬼魔遠捨十二萬里，中央凶勃惡獸毒螫皆不生害心，反善仁人。長齋修行二十四年，身得神仙。但佩此文，亦得尸解，轉輪成仙。國土中央及四季月有災；欲使中國安鎮，當朱書黃石上，鎮中央十二日。災自滅，凶逆自消。四方和睦，善瑞日生，麒麟來歸，白虎遊庭，國豐民富，普天安寧。書文佩身，萬災不經，身康氣強，五宮清明，長保家國，永亨利貞。

道士書文置西方，則西嶽仙官至。長齋百日，精思靈寶尊神，則天真下降，給太素玉女六人，取西嶽神仙芝草不死之藥。白帝鬼魔遠捨六萬里，西方凶勃惡獸毒螫皆不生害心，反善仁人。長齋修行二十四年，身得神仙。但佩此文，亦得尸解，轉輪成仙。國土西方及秋三月有災，欲使西鄉安鎮，當朱書白石上，置西方六日。災自滅，凶逆自消。西方自歸，善祥自集，靈獸飛軒，金雀銜符，氐老歸賓，國寧民休。書文佩身，神明交遊，災不加身，與五帝同儔，子孫昌熾，世享王侯，與善因緣，何慮何憂。

道士書文置北方，則北嶽仙官至。長齋百日，精思靈寶尊神則天真下降，給太玄玉女五人，取北嶽神仙芝草不死之藥。黑帝鬼魔遠捨五萬里，北方凶勃惡獸毒螫皆不生害心，反善仁人。長齋修行二十四年，身得神仙。但佩此文，亦得尸解，轉輪神仙。國土北方及冬三月有災，欲使北鄉安鎮，當朱書黑石上，置北方五日。災自滅，凶逆自消。北方自賓，善瑞日昌，地藏發洩，金玉露形，天人歌詠，國富民豐。書文佩身，萬災消亡，壽同天地，福祿光亨，所向所求，莫不利貞，子孫昌盛，世出賢明。

元始施安靈寶五帝鎮官宅上法，以施於上學好道之士，不行凡庶。奉此法，師弟子對齋九日，以上金五兩，五帝紋彩五匹，以誓五老上帝，舉盟五嶽而受文。然後以佩身，施安所住如法，將招大福於自然，度凶厄於窮年，安國寧家，享祚無窮也。

元始五老赤書玉篇真文天書經卷上竟

#1 青鳥：敦煌 S □ 5733 抄本作『青烏』。

#2 敦煌 S.5733 『龍』字作『鳳』。

元始五老赤書玉篇真文天書經卷中

太上洞玄靈寶召伏絞龍虎豹山精八威策文，與《元始玉篇真文》同出於赤天之中，挺自然之運表、明太空之靈象，開三圖以通真，演五行於玄府，運四氣以應神，鎮玉篇以固劫，保地於元根，命靈策以制魔，吐神祝以遐震，施八威以正度，嘯五帝以召龍。是故關機乘之不傾，五獄保之以長存，山河得之而不淪，人神受之而無窮。太上大道君受之於元始天尊，賞籙於上三天玄都紫微上宮。依玄科，四萬劫六天氣消，真道當行，有其人依科，以傳三天太上召伏蛟龍虎豹山精八威策文，此是赤精受天炁後，其文明於南丹洞靈檸林之下。

某年某月某日，靈寶赤帝某君，佩元始上三天太上大道君制六天總地八威策文，召天下神，攝地束靈，封山呼雲，制河上龍，承師某帝某甲元始之章。

某州郡縣鄉里，洞玄弟子某岳先生女人，某岳道士某甲，本命某辰，年若干歲，某月生，太歲某子某月朔某日子，謹於某氣天中，請太上靈寶八威策文三牒文，太上所傳黃帝，合封為策，以出俯仰之式。

九天太素陽生符，元始付太上丈人，其文在赤書後劫，見日宮之陽。

玄都紫微宮舊格，丹書白素，方五寸，清齋百日，入室思日精，含而吞之，與日同壽，天地俱存，思靈念真，形自能飛。存濁炁於口，符既出而死也。一名生真券，一名八威龍書。女吞此符後，生為男身。

三天太玄陰生符，元始以付太上大道君，其文在赤書後二劫，見月之上館。

玄都紫微宮舊格，黑書黃繒，方五寸，清齋百日，入室思月精；含而吞之，與月同壽。道士欲尸解者，黑書木刀劍，抱而臥，即為代人形而死矣。行此宜精，他念穢濁於口，符即出，身即死。此符一名化形券，一名九陰靈書，男人吞此符後，化為女子。

此二符，陰陽二氣，日月之精，自不精身苦志，慎輕服御，惟清齋合式，即能無窮。

九天玉真長安神飛符，出元始青明上光氣後赤書四劫，見於三天北元玉關之上。

玄都紫微上宮舊格，朱書白素上，以佩身，履大陽九、大百六，大劫之交，洪災三會，佩之千毒不加身，過水火之難，得見太平，為聖君種民。其文今封南霍石磧，四萬劫一出。

三天真生神符，出元始通景玄光氣後赤書五劫，見於玄都玉京上館。

玄都紫微上官舊格，黑書黃繒上，以佩身，履小陽九、小百六，小劫之交，萬災四充，佩之千害不加，身過萬癘之中，得見太平，為聖君種民。今封北單廣靈洞室石磧之中，四萬劫一出。

二符，太上大道君受於元始天尊，以傳西王母，元始五老始生五帝，天元分度。

東方九炁青天，天有九元，九元運關，周回三十二覆。晝夜三十日，天炁一交，一十二交為一度。三百三十度，諸天炁王於木，青帝用事。寅卯之年，青帝真人下世，教化太山，度九人以補仙官。其方其年，禾稼豐熟，災不行，兵火息止。三千三百度青炁勃，黃炁否，陽數之九九者，天之極，謂小陽九；六天炁上，百官受會，謂小百六。此天炁勃於火宮，巳午之年，疫炁流行，五穀豐而無食民。九千九百度，青炁激，黃炁食，陽數九九，謂大陽九，六天炁返，百官收炁，謂大百六。此天炁激於金宮，申酉之年，禾稼摧折，兵病並行，疫炁彌天，人獸得過，萬中遺一。其時當有青帝神人，乘青龍，齎符命太山制天炁。得佩此符，則免此災。

南方三炁丹天，運關三百三十度，諸天炁王於火，赤帝用事。巳午之年，赤帝真人下世，教化霍山，度三人以補仙官。其方其年豐熟，國安民盛。三千三百度赤炁勃，白炁否，此則赤帝小陽九、小百六，天炁勃於土宮，辰戌丑未之年，四炁驅除，兵災流行，土中生火，金玉自然，天下燋枯。九千九百度赤炁激，白炁食，此赤帝大陽九、大百六，天炁激於水宮，亥子之年，火精絕滅，萬里無煙，洪災至天，人獸得過，萬中遺一。其時當有大鳥東南而飛，赤帝神人乘朱鳳，齎符命霍山制天炁。得佩此文，則免此災。

中央一炁黃天，運關三百三十度，諸天炁王於土，黃帝用事。辰戌丑未之年，黃帝真人下世，教化嵩高山，度十二人以補仙官。其年中國大豐，四方安平。三千三百度黃炁勃，黑炁否，此則黃帝小陽九、小百六，天炁勃於金宮，申酉之年，土霧障天，晝夜不別，七年而解，障炁行，人獸疫死，三分遺一。九千九百度黃炁激，黑炁食，此黃帝大陽九、大百六，天炁激於木宮，寅卯之年，九土崩陷，民無立踵，萬疫驅除，萬無遺一。其時當有黃帝神人，乘黃龍，齎符命中嶽制天炁。得佩此文，則免此災。

西方七炁素天，運關三百三十度，諸天炁王於金，白帝用事。申酉之年，白帝真人下世，教化華山，度七人以補仙官。其方其年豐熟，國土安，人民盛。三千三百度白炁勃，青炁否，此則白帝小陽九、小百六，天炁勃於水宮，亥子之年，金玉化消，橫屍填於江海，人民相啖，海成血川。九千九百度白氣激，青炁食，此白帝大陽九、大百六，天炁激於火宮，巳午之年，金石自消，兵災驅除，人獸滅種。其時當有白帝神人，乘白龍，或乘白虎，齎符命華山制天炁。得佩此文，則免此災。

北方五炁玄天，運關三百三十度，諸天炁王於水，黑帝用事。亥子之年，黑帝真人下世，教化恒山，度五人以補仙官。其方其年，五穀豐熟，禾不種自生，兵不興，人民安。三千三百度黑炁勃，赤炁否，此則黑帝小陽九、小百六，天炁勃於木宮，寅卯之年，禾稼傷死，五穀大貴，水湧河決，洪水流天，人民飄屍，骨血分離。九千九百度，黑炁激，赤炁食，此黑帝大陽九、大百六，天炁激於土宮，辰戌醜未之年，江河枯竭，海底生塵，人民烏獸焦死無遺。其時當有黑帝神人，乘玄龍，齎符命恒山制天炁。得佩此文，則免此災。

五方運關三十二覆，九千九百度，周五方之炁，皆上運元始青陽之炁，回轉靈寶玄都玉山中關，周回諸天日月星宿十空之外，九億九萬九千九百九十九度。天炁反一劫之災，天地萬生山川江海金石人民一時化消。當此之時，天地改易，鯈欻之間，非所如何。有佩靈寶玉文，乃可即得更生始分之中，正如睡眠之頃爾。自非此文，莫能致之。

陽炁則轉天關，陰炁則轉地機，九河之口，水之盈縮，皆應天分，度會亦如之。故陽數之九謂之陽九，陰數之八謂之八災。天地運度，人亦同之。靈寶玄都玉山，處於上天之中，七寶之樹，垂覆八方，有十方至真尊神，妙行真人，朝衛靈文於玉山之中，飛空步虛，誦詠洞章，旋行玉山一匝，諸天稱善。五億五萬五千五百五十五億重道，五億五萬五千五百五十五億萬無鞅數，至真大神，當靈寶大齋之日，莫不稽首遙唱玉音，諸天伎樂，百千萬種，同會雲庭。當此之時，真樂乎哉。

天地大劫之欲交，諸天至真尊神、妙行真人，下游五嶽，遙觀天下至學之人，洪流滔天，皆以五龍迎之，上登福堂，令得與元始同沒同生也。

東方九炁青天下元小陽九小百六，出靈寶青帝下元符命，下東嶽，制九炁青天分度，出此文以度學者人身。其文九千年一出東嶽。

五帝符，並依五方色書之。

東方安寶華林青靈始老帝君，出下元符命。

小陽九巳，小百六午，其年大災驅除，以此文固天炁，安國存種民，度陽九百六之會。青書白繒。

東方九炁青天中元大陽九大百六，出靈寶青帝中元符命，下東嶽，制天分度，〔度〕#1 學者身。其文九千年一出。

大陽九申，大百六酉，其年天災激，林木禾稼，一時消滅，驅除兆民。出此文以固天炁，安鎮存國，以度種人大災出，青書白繒。

東方九炁青天上元大劫之周，天地改易，出靈寶青帝上元符命，下東嶽，以固青天元始之炁，其文九千年一出。

大劫交周，天地改易，金玉山海，人民鳥獸，一時消滅，天地溟涬，無復光明，以此文故固天元始之炁。佩之皆即得化生始分之中，刻書金劄以佩身。

南方三炁丹天下元小陽九小百六，出靈寶赤帝下元符命，下南嶽，制三炁丹天分度，出此文以度學者人身，其文九千年一出南嶽。

南方梵寶昌陽丹靈真老帝君，出赤帝下元符命。

小陽九辰戌，小百六丑未，其年土中生火，金玉自然，天下燋燒，萬民自死。出此下元符，固天炁，禳此災，度陽九百六之會。赤書黑繒。

南方三炁丹天中元大陽九大百六，出靈寶赤帝中元符命，下南嶽，以固赤天分度，度學者身。其文九千年一出。

大陽九亥，大百六子，其年火精消滅，萬里無煙，洪水四出，天災蕩民。中元出此文，固天炁，禳此災。赤書黑繒。

南方三炁丹天上元大劫之周，天地改易，出靈寶赤帝上元符命，下南嶽，以固赤天元始之炁。其文九千年一出。

大劫交周，天地改易，金玉山海，人民鳥獸，一時消滅。天地溟涬，無復光明。以此文固天元始之炁，佩之皆即得化生始分之中，刻書金劄以佩身。

中央一炁黃天下元小陽九小百六，出靈寶黃帝下元符命，下中嶽，制一炁黃天分度，出此文以度學者人身。其文九千年一出中嶽。

中央玉寶元靈元老帝君，出下元符命。

小陽九申，小百六酉，其年土下出霧，障氣障天，晝夜不分，七年除民。出此下元符，固天炁，禳此災，度陽九百六之會。黃書青繒。

中央一炁黃天中元大陽九大百六，出靈寶黃帝中元符命，下中嶽，制天分度，度學者身。九千年一出。

大陽九寅，大百六卯，其年山岡丘壟，土地陷沒，民無立踵。中元出此文，固地炁，禳此災。黃書青繒。

中央一炁黃天上元大劫之周，天地改易。出靈寶黃帝上元符命，下中嶽，以固黃天元始之炁。其文九千年一出。

大劫交周，天地改易，金玉山海，人民鳥獸，萬物一時消滅，天地溟涬，無復光明，以此文固天元始之炁，佩之即得化生始分之中，刻書金劄以佩身。

西方七炁素天下元小陽九小百六，出靈寶白帝下元符命，下西嶽，制七炁素天分度，〔出〕#2 此文以度學者人身。其文九千年一出西嶽。

西方七寶金門皓靈皇老帝君，出下元符命。

小陽九亥，小百六子，其年金玉化消，人民水居，飄屍洪流，血為海川。出此下元符，固天炁，禳此災，度陽九百六之會。白書赤繒。

西方七炁素天中元大陽九大百六，出靈寶白帝中元符命，下西嶽制天分度，度學者身。其文九千年一出。

大陽九巳，大百六午，其年金石自消，兵災蕩民。中元出此文，固天炁，禳此災。白書赤繒。

西方七災素天上元大劫之災，天地改易，出靈寶白帝上元符命，下西嶽，以固白天元始之炁。其文九千年一出。

大劫交周，天地改易，金玉山海，人民鳥獸，萬物一時消滅，天地淇津，無復光明。以此文固天元始之黑，佩之即得化生始分之中，刻書金劄以佩身。

北方五黑玄天下元小陽九小百六，出靈寶黑帝下元符命，下北嶽，制五黑玄天分度，出此文以度學者人身。其文九千年一出北嶽。

北方洞陰朔單鬱絕五靈玄老帝君，出下元符命。

小陽九寅，小百六卯，其年洪水四出，水災連天，人民流散，死者無遺。

出此下元符，固天炁，禳此災，度陽九百六之會。黑書黃繒。

北方五炁玄天〔中元〕#3 大陽九大百六，出靈寶黑帝中元符命，下北嶽，制天分度，度學者身。其文九千年一出。

大陽九辰戌，大百六醜未，其年天地枯旱，江海竭乾，海底揚塵，人民燋死，萬無遺一。中元出此文，固天炁，以禳此災。黑書黃繒。

北方五炁玄天上元大劫之交，天地改易，出靈寶黑帝上元符命，下北嶽，以固玄天元始之黑，其文九千年一出。

大劫交周，天地改易，金玉山海，人民鳥獸，萬物一時消滅，天地溟涬，無復光明。以此文固天元始之炁，佩之即得化生始分之中，刻書金割以佩身。

元始五老三元玉符，與《靈寶玉篇真文》大劫、小劫符命，同出太玄都玉京山紫微上官。此文固天三元之炁，以禳大小陽九、大小百六、大小劫會之災，度學者之身。玄都宿有金名，皆得見此文。佩之得免大災，為聖君種民，皆白日昇天，上朝玄都上宮。功德未備，即得尸解，轉輪成仙，隨運沉浮，與真結緣。

元始靈寶五老尊神、諸天帝皇、妙行真人常以正月、三月、五月、七月、九月、十一月，一歲六會於太上三天靈都宮元陽紫微之臺，集算天元，推校運度。諸天各下天帝、太乙使者、日月星宿、三部三官考召，五嶽四瀆河海大神，周行天下，糾察功過，搜擇種人。當此之月，天下、地上莫不振肅，執齋持戒，尊奉天真。學者以其月隨科修齋，功記三官五帝，列名上天，六年克得拜謁太上，七祖皆升福堂，神靈祐護，萬災不干。

元始五老赤書玉篇真文天書經卷中竟

#1「度」字據上下文例補。

#2「出」字據上下文例補。

#3「中元」二字據上下文例補。

元始五老赤書玉篇真文天書經卷下

元始靈寶西北天大聖、眾至真尊神、元極大道上帝、真皇老人，常以月一日，上會靈寶玄都西北玉山紫微上宮，奉齋朝天文，校地上人鬼功過。其日勑北斗，下與三官考召、四部刺姦，周行天下，糾察兆民，條列善惡，輕重上言。其日有奉修齋直，不犯科律，三官除罪，列名玄都，萬神衛護，得為種民，犯惡為非，移名地官。

元始靈寶北天大聖眾、至真尊神、無極大道、太上老君、靈寶妙行真人，常以月八日，上會靈寶玄都北上玉山陰元臺，奉齋朝天文，校地上兆民簿錄年命算籍。其日劫北斗司殺鬼，下與八極司隸，周行天下，司殺善惡功過，輕重列言。其日犯惡為非，移付地官，執心奉齋，不犯科律，三官削除罪名，三天記上仙錄，告下天神地祇侍衛營護，萬災不干。

元始靈寶東北天大聖眾、至真尊神、妙行真人、元極大道、太上萬度萬生神皇、上玄老、元靈老君，常以月十四日，上會靈寶玄都玉山通陽青微宮，奉齋朝天文，校天下學道年月功過及鬼神之事。其日勑太乙使者，下與北酆都伯使者，周行天地，司察人神功過深淺，列言上宮。有修齋立德，即勒錄九天，記名仙籍，鬼神隨功進秩，人鬼有犯，移還鬼府。

元始靈寶東天大聖眾、至真尊神、太清玄元上三天元極大道、無上玄老、太上老君、太上丈人、皇上老君、皇上丈人、青靈上真天帝君、天帝丈人、太帝君、太帝丈人、九老仙都君、九氣丈人、百千萬重道氣、千二百官君、太清玉陛下、東極老人、青華大神、上相司馬青童、金闕後聖帝君、真陽始青神人、靈寶九仙君等，青和玉女、主仙玉郎，常以月十五日，上會靈寶太玄都玉山青華玉陛官，奉齋朝天文，共集校定學仙人名功過深淺，其日天帝自下。天帝自下者，日月星宿、天上天下、地上地下、五嶽四瀆、河海神靈，莫不慘然俱下，周行諸天地上，察校學士兆民功過輕重，列言青宮。其日修齋奉戒，則五帝保舉，上言東華，生死為仙，勑下三界神靈侍衛，千災不干。有犯科律，移付地官。

元始靈寶東南天大聖眾、至真尊神、元極大道南上赤帝、丹臺老子、太和玉女、長生司馬、好生君、司命、司錄、南極度世君、萬福君，常以月十八日，上會靈寶太玄都玉京山洞靈元陽之館。奉齋朝天文，共集校等人民祿命長短，區別善惡。其日勑太乙八神使者，下與三官考召，周行天下，司察天人善惡，列言丹臺。其日有修奉靈寶真經，燒香行道，齋戒願念，不犯禁忌，則司命長生司馬注上生簿，延算益命，勑下地官營衛祐護，列為善民。有違科犯戒，減算縮年，移付地官。

元始靈寶南天大聖眾、至真尊神、元極大道南上老君、丹靈南極真人、太和玉女，常以月二十三日，上會靈寶太玄都玉山洞靈丹臺，奉齋朝天文，集校人民簿錄，區別善惡。其日勑天一，下周行地上，司察兆民功過輕重，列言靈寶洞靈丹臺。其日有修奉靈寶真經，燒香行道，齋戒願念，不犯科禁，則司命勒名生錄，勑地祇營護，福慶日隆，萬願如心。有違科犯禁，削除生籍，移名鬼官。

元始靈寶西南大聖眾、至真尊神、元極大道天皇老人、南極元真君、洞陽太靈君，常以月二十四日，上會靈寶太玄都玉京朱宮，共集考校三官、九府、五嶽、北酆、泰山二十四獄罪刑簿目，鬼神天人責役輕重之事。其日勑北辰，下與三官考召、北部刺姦，周行天下，覆校諸司廉察萬民善惡，列言朱宮。其日有修奉靈寶真經，燒香行道，執齋持法，則北辰列言善功，上宮記名，削除罪錄，得為種民。有違科律則長充鬼役，不免三塗五苦之中。

元始靈寶西天大聖眾、至真尊神、元極大道、西華金堂玉仙真母、金闕後聖上相帝君、四極真人，常以月二十八日，上會靈寶太玄都玉京金闕七寶宮，奉齋朝天文，共集推校日月星辰分度，並得道人名。其日太一下曆，校天宿周行，學人善惡，列言金堂。其日月星宿、璇璣玉衡，皆慘然俱會天關之門。凡為學者，能修齋奉戒，思仙念道，為太一所舉言，書名仙簿，得為真人。有違科犯法，三官所糾，移付地官，長為罪民。

元始靈寶下元天大聖眾、至真尊神、無極大道、下元玄黃洞淵洞靈萬仙、五帝四司真人，常以月二十九日，上會高皇天太玄都玉京黃房，奉齋朝天真，算校五嶽四瀆河海水帝、地靈神鬼之事，萬民罪簡深重。其日遣中太乙，下與三官九府九部刺姦，周行五嶽三官水府，條正鬼事，司人功過，罪簡所由輕重，列言玄都。其日有修奉靈寶真經，燒香行道，執齋奉戒，則為三官九府所保，列言善功，削除罪簡，上名三天，神明衛護，千災不干。有違科犯禁，移名地官，長為罪民。

元始靈寶上元天大聖眾、至真尊神、無極大道上下中央四面八方太上無為大道諸君丈人、最大至尊、無上無巔無極無窮普照普察無量洞明最上正真無鞅數道氣、無先寥廓無端混沌無形虛無自然太上、無根冥寂玄通大智慧原、正一盟威太上無為大道、道中之道、神明君、無上元初萬萬億億數無鞅數道德諸君丈人、太上道德君、道德丈人、無上萬生君、萬生丈人、無上萬氣君、萬氣丈人、無上萬元君、萬元丈人、無上萬福君、萬福丈人、鴻保天神諸君丈人、玄元老君、太清玄元上三天元極大道、元上丈人、太上三氣君、太上老君、太上丈人、太清君、太清丈人、太玄上一君、太玄丈人、中黃正一君、中黃丈人、太元君、太元丈人、泰始君、泰始丈人、太初君、太初丈人、太素君、太素丈人、太虛君、太虛丈人、太一君、太一丈人、太儀君、太儀丈人、太平君、太平丈人、太淵君、太淵丈人、天帝君、天帝丈人、九老仙都君、九老丈人、玉曆君、玉曆丈人、九氣君、九氣丈人等，百千萬億億億萬萬數元鞅數萬重道氣君、道氣丈人、千二百君、千二百官丈人、太清玉陛下、太上玉真君、玉真丈人、五仙君、五仙丈人、九靈君、九靈丈人、太清十二真君、十二真丈人、二十四神人君、二十四神人丈人、太清三十六真君、三十六真丈人、五氣君、五氣丈人、陰陽生炁君、生炁丈人、上上太乙君、太乙丈人、皇天太上帝、無極太上元君、太上元君丈人、太元一君、太元一君丈人、神寶君、神寶丈人、真寶君、真寶丈人、天寶君、天寶丈人、靈寶君、靈寶丈人、元神君、元神丈人、元真君、元真丈人、元靈君、元靈丈人、天皇老君、天皇丈人、南極老君、南極丈人、黃神老君、黃神丈人、黃老君、黃老丈人、太和君、太和丈人、太上皇真道君、皇真丈人、上古天師君、天師丈人、萬道父母、萬德父母、天地父母、神仙所出、神仙所聚，東王公、西王母、日君、月后、五星真君、五星皇妃、璇璣玉衡星真君、眾仙、天官、大神等，常以月三十日，上會靈寶太玄都玉京七寶紫微官。奉齋朝天真，萬帝眾神，諸天諸地，集算校大劫、小劫、大小百六天地運度，料別善惡，學道應得神仙人名。其日遣上太一下。上太一自下，其中諸天星辰日月璇璣北斗慘然俱下，與五帝五嶽四瀆江河淮濟水帝九部刺姦，三官考召、地上神祇，周行天下，司察善惡功過輕重，列言上天。其日有修奉靈寶真經，修齋戒，燒香念道，為太乙所舉，列言善功，則名上仙簿，廓潰賴靡駹 I 護。有違科犯戒，移名付地官，長為罪民。

太玄上宮北帝，常以庚申日，制天民三尸魂神，條人罪狀，上奏帝君。當此日，能修齋奉戒，晝夜思神，則三尸不得上天言人之罪，地司奏人善功，列言帝君，太一歡喜，即記名左契，長為種民。

太玄上宮至真尊神，常以甲子日，遣大一中臺大使者下，周行諸天諸地，檢校神祇，驅散雜俗鬼精。當此日，能設齋燒香，中臺大使者皆條善功，奏上三天上帝，上帝即除為監天，領地上鬼普神王者，書名玉曆，長為真人。

太玄上宮高真大神，常以立春之日，會諸尊大聖仙人於太極上宮，算校玉札金名，應得神仙之人，列奏靈寶玄都上宮。

太玄上官太・素真人，常以春分之日，會諸仙官於崑崙瑤臺，校定靈寶真經學者，功業輕重，列言靈寶玄都上宮。

太玄上宮五帝，常以立夏之日，會諸仙人於紫微宮，校定學者功過，列言靈寶玄都上宮。

太玄上宮天上三官，常以夏至之日，會於司命上宮，校定兆民，算會簿錄，列言靈寶玄都上宮。

太玄上宮五嶽諸真人，常以立秋之日，上詣中黃老君於黃房靈庭，會諸仙官，檢校天下神圖靈藥，列言靈寶玄都上宮。

太玄上官上皇大帝，常以秋分之日，上登上清靈闕太微之館，會靈寶尊神、太上五老君、北極真公、八海大神，集算天下兆民罪錄，功過輕重大小，列言靈寶玄都上宮。

太玄上宮陽臺真人，常以立冬之日，會論仙官玉女於靈寶陽臺之上，校學道簿錄名目輕重深淺，列言靈寶玄都上宮。

太玄上宮天真眾仙，常以冬至之日，上詣方諸東華青宮，會於東海青童金闕上相至真大神，校定眾仙名錄，列言靈寶玄都上宮。

八節之日，是上天八會大慶之日也。其日諸天大聖尊神、妙行真人，莫不上會靈寶玄都玉京山上宮。朝慶天真，奉戒持齋，旋行誦經，各遣天真威神，周行天下四海八極，五嶽名山學人及得道兆庶，糾察功過輕重，列言上宮。其日諸天星宿，日月璇璣，地上神祇莫不振肅。凡是修齋持戒，宗奉天文，皆為五帝所舉，上天右別，書名玉曆，記為種民，告下三官神靈侍衛，門戶整肅，萬災不干。至學之士，三界司迎，神仙度世，上為真人。為惡犯戒，司考所糾，移付地官，長為罪民。

五老靈寶五篇真文，元始天書，生於空洞之中，為天地之根，靈尊妙貴，法教威嚴。三元開張，德冠諸天。一十四德，皆以三元齋之，貴行標於高稱。一者其德如太空，無形蕩蕩，為無始之宗。二者其德如虛元，無中生有，有中歸無。三者其德如大道，威靈恢廓，為神明之寶。四者其德如天，澄清高虛，廣覆無邊。五者其德如地，開張廣納，無毫不載。六者其德如三光五曜，諸天普受光明。七者其德如高真，敷演玄教，為天中之尊。八者・其德如神人，廣度一切，普受自然。九者其德如太玄，清開廣置為神仙之都。十者其德如雲雨，一切萬物，普受其蔭潤。十一者其德如風，一切萬物受其施泄。十二者其德如四時，一切萬物，受其生成。十三者其德如泰山，保固元祚，安寧神器。十四者其德如大江，蕩蕩無礙，莫不開容。靈文妙重，斯一十四德，其德如之巍巍高範，量難可勝，垂蔭福流，萬劫無窮，開明元化，莫不由焉。

靈寶五篇真文，施一十四福，福報如之。一者形神澄正，不受眾橫，永離痛惱，身無疾病。二者萬魔降伏，五帝所敬，地祇侍衛，心端神定。三者上聖玄監，天神記名，右別簿錄，削死上生。四者德慧長新，役使鬼神，舉向所欲，坐招自然。五者神童玉女，侍衛身形，出入遊行，所在司迎。六者天災賓伏，福慶日臻，門戶昌熾，道德日隆。七者門族端偉，世世安寧，中外享慶，潤流無窮。八者五帝所舉，上補真人，三界司迎，項負寶光。九者塵垢普消，表裏明鮮，身香體潔，淨如金剛。十者志無不克，願無不從，適意所欲，洞達無窮，心聰體聖，神明交通。十一者為諸天大聖尊神、妙行真人、五岳飛仙，一切所宗。十二者功成德滿，道報自然，身生羽服，白日昇天。十三者功德之大，上延七祖，解脫三塗，五苦八難，上昇天堂，受仙南宮，下流種孫，世世興隆。十四者功言一切蠢飛蜎息，已生未生門內六畜，普皆延年，宗奉靈文，修齋供養。斯功至重，德報自然，三官記識，無失毫分。影響相酬，其理甚明。

二篇德福二十八條，出玄都紫微宮上元格中，至真學者行之德也。

玄都紫微宮中元格。靈寶真文，見眾真修齋奉戒，朝禮天文，有一十二念。一念精進苦行，不犯經戒，每事尊法。二念道尊德貴，法化高大，心所希願。三念悔謝眾罪，無所隱匿，整心修敬，每以盡節。四念願求神仙，得見真君，免度厄世，身睹太平。五念度諸苦難，三惡之道，五災之中。六念願得飛行，駕乘雲龍。七念為億曾萬祖，上世父母，宿考解散，免離徒責，上升福堂。八念家中大小，同學之人，福慶日升，善念日生。九念普為一切人民，後世子孫，厄中得免，居危獲安。十念畜牧已下、一切眾生，蝖飛蠢動，及得喘息有生氣者，普蒙惠澤，恩潤覆護。十一念志遠榮華，奸祅雜俗，邪諂假偽，祅孽鬼神，精魅雜法之術。十二念使鬼役神，收攝邪奸，天人無害，普離眾惡，三災九厄，十苦八難，克獲上仙，白日昇天，仙度之後，與道念同。此一十二念，發自然天心，大慈之德，功懋諸天。舊儀係靈寶中元篇目，在玄都宮。

玄都紫微官中元格，施一十二念，而有一十二報。一者身體剛強，軀形安寧。二者名聲遠著，一切之人，願所欲聞。三者為諸天大聖尊神、妙行真人所見愛敬，日月星宿所惠，仙聖所宗，地祇所仰，鬼神所畏。四者世間萬姓敬奉，稱為真人，吉无不利，慶載永安。一切蠢動，希為橋樑，千精萬邪，妖偽鬼神，一時消滅，舉響從心。五者謂之所詣，出入行來，吏兵衛身，天官導從，地神奉迎。六者制伏天地一切鬼神，坐致天廚玉女侍衛。七者驅馳六甲，運走星辰，訶役三皇，走使鬼神，行來坐起，飲食臥息，天神侍護，地神直衛。八者所在住止，方圓三千六百里中，妖偽雜俗，奸詐魍魎，一時消滅。九者交遊上道，提攜仙人，浮遊五嶽，出入民問，無敢疾傷。十者斬邪破敵，不教自行。十一者壽骨日生，仙道日成，道成德滿，白日昇天。十二者得與上聖諸君丈人為友，升入無形，與道合同。此十二報，施德所延，上帝所貴，坐要自然。

二篇施念獲報二十四條，出玄都紫微官中元格中，至真學者行之德也。

玄都紫微宮下元格。靈寶真文，明見眾真奉齋，朝禮天文，有一十二恩。一者解上世之考，及見世之罪。二者致福卻禍。三者來生卻死。四者招財致祿。五者宜後世子孫。六者福延先亡。七者見世興隆。八者與天地結親。九者交友真人。十者卒得上仙，白日昇天。十一者仙度之後，上升道堂。十二者一切普福，為世橋樑。其一十二恩，皆精行所致，德感天真。

玄都紫微宮下元格。靈寶真文，明見眾真奉齋，朝禮天文，有一十四功。一為上世，二為子孫，三為居世，四為居山，五為修道，六為求仙，七為眾官，八為治民，九為眾生，十為世間，十一為天，十二為神，十三為人，十四為一切萬物。齋直上聖之法，清虛簡素，棄穢來真，上應列星，中應人情，下副物心。聖者見之謂之聖，仁者見之謂之仁，智者見之謂之智，賢者見之謂之賢。元始置法，為眾道之尊，上帝之所，修來者之橋樑也。

二篇施恩置功二十六條，出玄都紫微宮下元格中，至真學者行之德也。

元始自然赤書玉篇真文，開明之後，各付一文安鎮五嶽。舊本封於玄都紫微宮，眾真侍衛，置立玄科，有俯仰之儀。至五劫週末，乃傳太上大道君、高上大聖眾、諸天至真，奉修靈文，敷演玄義，論解曲逮。有十部妙經三十六卷、玉訣二卷、以立要用，悉封紫微上宮。眾真並以上合天慶之日，清齋持戒，上會玄都，朝禮天文，誦經行道，上贊元始自然之章，中和三元洞明之氣，下慶神真大慈之教。道在則尊，唯清為貴，故齋戒存其檢行。當其齋日，諸天大聖尊神、妙行真人、日月星宿，皆會玄都玉京之臺紫微上宮，持戒朝禮，旋行誦經。諸地上五嶽神仙真人、四海水帝、北酆三官、三界地祇，一切神靈，莫不束帶肅然持齋，尊道重法，以崇天真也。其儀典格式，具出靈寶中金紫格，有左右陰陽考典賞。

靈寶真文，以赤明開玄之始，號曰空渾赤書景皇真文。天地分判，天號之靈，地號之寶，故曰靈寶。至黃帝五劫下教，度得道之人，令得升玄矣。

元始五老赤書玉篇真文天書經卷下竟

附錄四　《洞真太上太宵琅書》〔註1〕

洞真太上太霄琅書卷之十

行道去來

得道未去訣第三十八

得道之人，運應化世，未得隱淪，常以本命之日，正中夜半子午之時，說三百六十戒，誦十方徊玄品章，教未得道，同心行之。不知本命，常用甲子清齋入室，坐臥隨人，唯精唯密，必速驗矣。

雲霧子，三月一日生於無量天，年十八，位登太真王。三元下教，朝禮玉天，遂登大有之宮，清齋明霞之館，靈瑞告感，項負圓光。虛皇道君授以琅書，獨誦帝章，掌錄萬仙，上統無崖，下攝無極，自天之下，咸隸太真。太真立科，終始琅書，虛皇玉帝受之九玄，鑄金為簡，刻玉結篇，金縷玉字，秘之九天。太真之王密施行之，周濟十方，分成十卷，三十九章，誦之得通，十卷之品，又三十九焉。凡修眾經，先習琅書，萬真臨軒，群魔降伏。雲霧子乃不修他道，唯歌詠帝章，致三元下教，位登太真王，況能兼修諸經，又先精此法，豈不速造玉京，與太上為一乎。太華真人、三天長生君、太和真人、東華老子、南極總司禁君、西臺中侯、北帝中真、九靈玉子、太靈真妃、赤精玉童、玄谷先生、南嶽赤松子、中山王喬、紫陽真人、西城王君、中皇先生、趙伯玄、山仲宗，

〔註1〕道藏（1～36冊）〔M〕，上海：上海書店出版社，1988：上清經部（1部）。

一十八人，正相傳習之。其餘支流後進，續有得此文者，必充三十六萬之限，保睹金闕聖君，一切無復憂患矣。

太上智慧洞真三寶徊玄十方品章

北方太上頌曰：

太上發玄蘊，煥爛敷真文。落落散天寶，十方所共尊。不始亦不終，不明故無昏。仰登玉京臺，逍遙憩崑崙。超度泉曲都，魔王願欲聞。七祖受化生，解我宿世冤。入控飛玄景，出駕浮紫雲。

東北方太上頌曰：

重暉耀玉晨，乘景開圓明。岧岧洞真殿，晃晃七寶精。一念度八難，長與太上並。纏旋獻黃景，日華虛中生。世知浮俗道，莫聞知慧經。大矣洞真戒，玄感魔王誠。萬劫若一息，豈擊千億齡

東方太上頌曰：

太上體太無，散形渡弱喪。務猷宣玄衛，天真並讚揚。有緣文自表，無因經為藏。若能得此道，首即生圓光，身濟無待律，飄飄逸仙堂。

東南方太上頌曰：

無無竟無永，有有安入妙。天翰蔚無上，玄宗自有要。徊轉三寶輪，十方並震耀。太上觀玉京，魔王空中笑。天帝叉手唱，眾真乘虛嘯。散花正我念，八願自然超。

南方太上頌曰：

靈仙乘慶霄，駕龍躡玄波。洽真表嘉祥，濯足以八河。福應不我期，故能釋天羅。道德觀三界，地網亦以過。感遇靈真會，淨慧經蓮花。

西南方太上頌曰：

無上覺四輩，茫茫大方外。幽顯諒有由，無幽故不味。來羅運玄輪，真仙萃華薈。時遊渺漭間，天人見無際。

西方太上頌曰：

靈妙寄宣跡；天人有津岸。泛舟不測淵，常恐風波渙。其緣有前力，智勢誰能算。冉冉任玄樞，昭然實因判。挺穎應真子，靈琴空中彈。浄思恭十方，去留不我羨。

西北方太上頌曰：

太上敷洞文，賢賢歸大緣。蕭條三寶囿，繁華秀我因。伯史與入精，質浄

生金身。終劫復始劫，愈覺靈顏新。希度禮無上，靈文降至真。道林蔚天京，下光諸地仙。從容散靈威，洋洋大法宣。

上方太上頌曰：

太上觀十方，晻藹融風穆。圓光□三辰，真人被天服。魔王叉手立，司迎酆京側。日月翳行曜，七寶煥無極。一切營此時，禍滅地獄息。渺乎無量尊，天人莫能測。

下方太上頌曰：

三寶緊十方，亹亹空中澄。宛轉隨化理，一感法輪升。冥漠皦昧間，臺殿悉化成。空有靡不有，巍巍多山陵。太上無滯念，滅念歸幽升。

凡十方徊玄頌，先始北方，次東，次南，次西，次東北，次東南，次西南，次西北，上方，下方，是謂十方也。若禮拜，亦用此方一拜耳。道學之人正念心禮，則足暢玄志於天尊矣，復何必勞形於風塵哉。

太微天帝曰：夫十方徊玄品者，出乎自然而然，虛峙九千餘劫，其文乃見，元始天王盛而撰焉。總三寶於上清，觀十方於玉京，御大魔於六天，拔苦難於泉曲，訓道學而教業，極天人之幽根，釋宿緣之滯愆，超三界而獨步，何天羅與地網而敢纏耶。儕希微乎自然，故從劫到劫，而弗休矣。煥乎其文，蔚然章矣。實難以言宣，秘而不書，口口相傳，是以單行智慧，不雜眾篇矣。

太微天帝曰：此章品以配大戒，乃三寶之宗矣。常以本命日，說三百部戒，而頌此文，若日中及夜半時修之也。先齋而後行道，慎令不同者聞之，非小故矣。人不知本命，用甲子日，若十年以後，可正月一日行道耳。昔太真王母、東華青童、元始天王，皆太上弟子也，亦但用正月一日，日中及夜半修之耳。太極仙王，其中諸仙公、真人，多以本命辰日行之也。故列而陳之，學士詳用之焉。悉在齋室中，坐臥乃任意為之耳。太上大法，自令北向耳。夫至人則不然矣，或坐亡已淪，夢乎自然，如彈指頃已成外。若俗儒談放，自得於胸衿而已，乃精練乎三寶洞文也。是以世業之子，莫見其崖造，故和光於風流矣。

太微天帝曰：正月一日，當咒天羅地網及魔界，脫我身神之道。其法，未平旦小許曰：我明遊上十方，禮見太上尊，九天之羅，敢得落我身。又曰：我將遊下十方，交通地真，提攜靈仙，九地之網，敢得維我足。又曰：我將遊太上京，宴適華堂，洞觀諸天，超度三界泉曲之府，勿復留我魂。凡三，正月為之休也。

元始天王曰：自非七世大慶，重華敷條，累葉重柯，秀挺後苗，善逸萬劫，世世有道，名刊金簡，因緣賢應仙合度，何當與戒頌相違耶。其法物同如大戒科，惟當別賚絳文之繒一百三十尺，以代落簪之盟矣，皆奉有文之子也。若仙人所授，已坦幽昧之故，則弗復須法信。若靈神相告，亦具盟物如法。夫悠悠者，胡以測人心之必然乎。學者當先自審，才志能修之，而終身必不犯明科，乃可從事於大法矣。若違科，七祖幽囚於地獄，身亦禍矣，豈仙之有哉，學士其深慎之焉。故上聖但口誦心存而已，不書其文。

太極大法師曰：五通乃尚在三界，此故未為仙也。夫仙道無不無，有不有，能覺有無之間，湎然於其際而無際，乃能自體六通，超三界也。三界者，一欲界、二色界、三無色界。從太黃皇曾天、太明玉完天、清明何童天、玄胎平育天、元明文舉天、上明七曜摩夷天，第六天為欲界。從虛無越衡天、太極蒙翳天、赤明和陽天、玄明恭華天、耀明宗飄天、竺落皇茄天、虛明堂耀天、觀明端靖天、玄明恭慶天、太煥極瑤天、元載孔昇天、太安皇崖天、顯定極風天、始黃孝芒天、翁重浮容天、無思江由天、上揲阮樂天、無極曇誓天，第二十四天為色界。從皓庭霄度天、至淵通元洞天、太文翰寵妙成天、太素秀樂禁上天，第二十八天為無色界。學三寶，誦徊玄，奉大戒，能超此三界之表，洞六通智慧也。六通智慧者，洞觀、洞聽、洞彼此生死去來劫數、洞十方有無、洞經戒道俗教化、洞自然人身，是為六通大智慧也。學此內法者，皆為太極真人，登玉京，長存永無退，常為太上之賓矣。

太極大法師曰：第九赤明和陽天，又名妙安伽婁天，又名太妙小梵天也。二十九太虛無上常融天、三十太釋玉隆騰勝天、三十一龍變梵度天、三十二太極平育賈奕天，此四天帝君，常誦習三寶經，轉回玄，奉大戒，修齋清諍，其諸天王亦然，悉共擁護奉戒身，令得仙度矣。故說諸天，名號亦多矣。言無上大羅天，是五億五萬五千五百五十五天之上天也。四天洞參其炁，故不具說諸天也。然學太上道，案約應知太上玉京，所觀玉京臺，在乎大羅之上，渺渺乎若存若亡，若有若無，渺邈劫仞，難以言宣，故天人弗可思而議矣。

東華青童曰：此道超三界，統六天魔之府。人生死靡不屬泉曲者，而由斯六天，配役太山地獄也。唯得道能度之耳，非大戒，亦復何緣削我之名，永劫而長存乎。非三寶洞文，而當何因為太上之賓友乎。我每侍坐，曾請事於斯語矣。

東華青童曰：魔為數種，有天魔、地魔、人魔、鬼魔。今言六天大魔王者，是天地之大魔王，其宿世有大功德，故得為此魔王，與帝君比德，共執事於天地人，上屬太上玉京，為天帝之下官，且其餘無所不制。夫人學道，先小魔試，道成，待大魔王皆臨大試過，便保舉上玉京臺霄，泉曲幽都，死籍班下，太山除地名之錄也。其各各統職三官，魔神鬼兵直衛，討姦邪魍魎，不正之精魔王，參品仙府，受太上之任矣。並七寶宮殿，煥耀日月，人生死所經也。其政奉大戒，故欲人弘三寶焉。

東華青童曰：夫道學無大戒寶文，子身名終不脫鬼府魔界，七祖亦何由而反胎生宮乎。是以此道至矣，大聖弘之，凡流當不可不懃慕之哉。

已去復來訣第三十九

凡學上道，積功累德，昔因已深，今緣又盛，業行超群，六通八達，九成十極，與道合源，身神同升，去世入玄。去而不去，去而更來，來以應感，和光同人。去而不去，無乎不在，在而云去，俗見去也。凡得道，煉有煉無，無究有竟，住此即得，得無去就，教跡示階，已得者去，未得者停，及其得者重來，為物行道，非凡所知。知者真聖，聖者復來，心跡叵測，鑽之彌堅，仰之彌高，瞻之在前，忽焉在後，動止出處，默語喜嗔，取與賞罰，生殺是非，黜陟褒貶，皆以利人，制惡還善，回洙歸源，微妙玄通，深不可識。識之大方，取其行道，屈己申物，損身濟人，誨導不倦，過誤不文，同物過誤，改之有方，有方可師，過則非過，終始垂譽，累代所執，此是已去復來，精加伏懃也。

洞真太上太霄琅書卷之十竟

附錄五　《無上三元鎮宅靈籙》〔註1〕

無上上上元始太上玉皇無極大道君，以歲在壬申十月十五日寅時，道君臨降於崑崙山層城上宮。爾時列真於虛空之中，威光偉燦虛凝霄景之上，明命告金明七真曰：爾當為來運十方天人正法中師，以不若欲為真者，先當以救世為急，即應廣加功德，開度天人也。其功無上，功成德普，自得道矣。

是時七真存真，具相十觀，金元飛景入寂，玄朝天尊於無無無上上上大寂上妙，稽首作禮，請問天尊：自頃年以來，三界崩淪，天地之間人鬼兵戈之氣，日夜訩訩，末劫之世，豈七真下愚冥昧能知所濟也。伏願開示未悟，令七真於斯方登正覺，以為救世法橋，不但今生蒙惠，亦當濟後，惟廣度來生。唯願天尊賜見，哀原七真不及之愆也。

爾時，天尊即告金明七真曰：子運應受記，當來為十方至真大聖正法中師，轉是金真正法輪也。且法輪之功，則無上上妙正法中真大乘中之王也。其功德巍巍，大焉廣囿，蓋斯萬象之·上，實有無量功德無能比者。自非至人高尚之子，焉能建其功德，樹斯福基也。但三界蒼生淪溺苦海，亡者骸沉幽夜，魂爽受諸塗炭，生者不幸。值此末劫，在於三災五濁之運，百惡臻趣，災兵並行，為日已久，豈不為之哀哉。但大乘上業功德，故非天下兆民之、所恒修是功也。今故以上元天官上靈檢神築鬼收魔攝精大籙，以持相付，即

〔註1〕道藏（1～36冊）〔M〕，上海：上海書店出版社，1988：洞神部（1部）。

名曰《無上三元安鎮宅籙》也。以持助天地正氣，輔國佐時符命三元，以此可持濟世矣。封以太上三元之章也，鎮於天人堂戶之上，以持驅除十方五方天地妖精鬼疫瘟災，百毒凶害不祥之氣，魔邪魍魎變異之象，並使制之，使萬殃兵災鬼精不泄，永保兆之無為矣。有得之者，則保爾曹得度三災，及於五濁之中大難也。若其國有道之君當值吾道，其祚太平，君臣行道，即社稷長存也。七真於是稽首再拜，請受靈籙。

爾時天尊告七真曰：今當為爾普告天地，共來證盟也。以鎮靈籙之首，即使檢攝不正之氣，以來入正法也。七真作禮奉受，上啟天尊：謹當依法奉行。受事畢竟，天尊騰虛隱形而去。

無上三元鎮宅靈籙

無上上上元始太上玉皇無極大道君，今降金明七真無上三元安鎮某宅靈籙，則以歲在壬申十月十五日寅時，普告無上清微禹餘大赤三天真皇玉司天官、高上九天玉皇玉司之官、三十二天上帝司命之官、十方飛天神皇司錄之官、無上玉帝太帝天帝太一司命司錄把算生神度命延年益壽之君、九天九地諸司天官、諸天日月星宿璇璣玉衡七星北斗五帝四司、無上無下無幽無隱無深無淺無極無窮十方冥寂凝住無量至真大聖尊神、三界一切官屬無量神明、居天地水三元九宮八卦六甲諸官君將吏、五嶽靈山大澤三河四瀆九江淮濟溟律大海九州里域山林孟長十二溪女、根源本始土地之王、社稷真官將吏、無高無卑天真大神，俱與金明七真對盟告誓。自今封兆《無上三無鎮宅靈籙》之後，不得又犯違約，放縱魔兵鬼神災毒疫煞，侵害兆之門戶家室，男女長幼。若有邪來干正之者，則付守宅三無九部上靈大將軍吏兵，收部送北酆太陰之北，寒冰九夜之庭，以付風刀水火諸官，依九都官律，考九萬劫無原。急急一如元始太上玉皇大道君律令。

無上上元清微天正法玉典司正上靈鎮防大將軍一人，官將守宅兵士三十六萬人。

無上上元清微天都正玉司上靈鎮防大將軍一人，官將守宅兵士三十六萬人。

無上上無清微天正法玉司大都監上靈鎮防大將軍一人，官將守宅兵士三十六萬人。

無上上上元始太上玉皇無極大道君，命無上上元清微天正夫玉司鎮防三將軍等，各都守宅兵士各三十六萬人，精押所部兵士，鎮防大道清真正法弟子某宅，四面八方上下中央，守衛各三十六萬重。若有欲來侵害某家門戶，干犯正法弟子之者，將軍兵士當振動天威，一時收取群奸鬼賊，瘟災不正之神，即遷逐部送北酆風刀水火之官拷。若將軍兵士眾等有容隱之者，亦同其罪。自非某家宗祠之鬼，一不得進。封宅之後，永保兆家大小男女籙籍，令得度三災之運。急急一如律令。

無上中元禹餘天司正明威上靈鎮防大將軍一人，官將守宅兵馬三十六萬人。

無上中元禹餘天司法明威上靈鎮防大將軍一人，官將守宅兵馬三十六萬人。

無上中元禹餘天司非明威上靈鎮防大將軍一人，官將守宅兵馬三十六萬人。

無上上上元始太上玉皇大道君，命無上中元禹餘天司正司法司非明威三將軍等，各部守宅兵馬各三十六萬人，精押所部兵馬神官，鎮防大道清真正法弟子某宅，四方四維汰甲，十二時上檢勒宅中。青龍白虎朱雀玄武勾陳伏龍，共相營衛，各三十六萬重，周匝兆宅，外防眾非，司察五方瘟災疫毒魍魎，空中俘遊鬼魅，地中沉屍伏殺金銀銅鐵玉石之精，六天故氣，巫祝房廟之靈，在某宅內或在四面為精為祟之者，將軍兵馬即動天威，振烈神功，收取部送北酆九幽之獄，驅除不祥，今兆封宅籙之浪，非親祠之鬼，一不得進。將軍兵馬若有容非，為某作禍害，同與邪伍執拷無原。急急一如律令。

無上下元大赤天正法四鎮直靈鎮防大將軍一人，官將守宅吏兵三十六萬人。

無上下元大赤天正法四司直靈鎮防大將軍一人，官將守宅吏兵三十六萬人。

無上下元大赤天正法四望直靈鎮防大將軍一人，官將守宅吏兵三十六萬人。

無上上上元始太上玉皇大道君，命無上下元大赤天四鎮四司四望直靈大將軍等，各部下元守宅吏兵各三十六萬人，精加守防大道清真正法弟子某家宅舍，防衛各三十六萬重，敕勒某家宅內。十二時上所有禁忌太歲大將軍，門丞戶尉井灶，並某家上世先亡及土地真官，並同今約，七真今依玄科，無上上上元始太上玉皇大道君上妙大乘正法，為某封宅，無上三元鎮宅上靈大籙。某即稽首，稱大道清真弟子，即封以太上三元之章。是日幽顯共明，諸天玉司監盟，三天告命，無幽不聞，無冥不應，無天不奉，無地不承。自今以去，不得使某門戶，更相招引災殃橫厄，陰陽水火，六天故氣，魔精鬼賊，非親祠而一切客死鬼神，為凶禍侵害某門戶，大小男女。而不臣正法之者，將軍吏兵即振威八方，收取群精，部送北酆寒冰夜庭水府，九都考士執緊，長劫無原。急急一如九都律令。

謹條某甲先亡名目如左：

亡曾祖父某、亡曾祖母某、亡祖父某、亡祖母某、亡父某、亡母某。

右某家三世先亡，今封以付無上三天天官將軍兵士等。此皆某所宗祠之限，自非常節，皆不得妄生責望生人飲食，作諸禍祟，疾病子孫後胤生人。若有犯者，俱同部送九都，永付律官。若為福者利某家門，三天玉司生官並鎮宅將軍，即當為舉遷，言名上三天，奏其功德，升上九天元生福堂，給以自然衣飯，逍遙無為也。長居福界，祐利生人，一如律令。無上上上元始太上玉皇無極大道清真正法。弟子某甲，屬某郡縣鄉里，某甲年若干歲，男某女某。

右一戶男女若干口，七真今封以太上三元之章，以付無上三天玉司正法神生之官，以無上三元各三將軍，保賞某家男女年命，以鎮防某宮宅，各領守宅兵馬吏兵所部，營衛某宅各三十六萬重。一如無上元始太上玉皇大道君律令。

太歲某年某月日朔子時，真師金明七真於某里封。

無上三天玉司正法律曰：封無上三元鎮宅上靈大籙，當勅籙中三部天符之時，即存象見無上上上元始太上玉皇大道君，形相金容朗徹，與金明三尊俱來降也，凝住雲空上。又存見三天各三將軍、兵士兵馬吏兵等，各三十六萬人，布滿十方，俱來鎮防，營衛某宅三十六萬重，皆如人中兵馬無異也。而勅符咒曰：

虛無玉皇，玉天開便，玉清出號，號曰金真，玉虛明威，三天生神，正法玄範，符命九天，攝氣輔兆，檢精流煙，策鬼召魔，掃除無蠲，靈將鎮防，天兵為鄰，正道運行，保兆今晨，萬精摧滅，敢干兆身，吾命神公，普拂妖塵，有善者遷，有逆者檳。急急一如律令。

無上三天玉司正法律曰：十方天人地兆，初封無上三元鎮宅上靈籙，當送玄都繫命籍之米二石四斗，五方鎮彩隨方疋數，紫紋命素各一疋，錢二貫四百文。持法上元二十四生氣，以應二十四生神之元命，亦象二十四洞混生之府，下為二十四神以表三元之數也。皆如律品不得有違。

七真曰：天人地兆，初及此科者，亦可一石二斗，錢一貫二百文，絹一十二疋；亦可八疋，錢八百文，絹八疋也。一十二數，以應十二神真，八數以法八卦也。

無上三天玉司正法律曰：十方天人地兆，封無上三元鎮宅上靈籙者，年輸玄都上元生氣命米二石四斗，五方鎮彩命紋命素絹錢等，以付法師門下也。法師得弟子命米絹錢等，則當出八數以供功德，為十方諸天帝皇、所在帝主國王，修建金真轉法輪大齋。又以八數準建三元，為弟子遷賞鎮防將軍兵士，言功進秩；八數準以供施天下貧窮，及山棲道士也。若有違者，準九都刑律論。

七真曰：天人多有貧窮者，亦可輸錢絹米等，不計多少，以充法師供功德限明也。

無上三天玉司正法律曰：十方天人地兆，封無上三元鎮宅上靈籙者，若不輸命信米限，則三天司命減兆算十。若依年限奉送法師門下，則司命加兆算十。皆如律準。

弟子皆當修身潔己，建自然齋，燒香行道，轉經禮懺，然燈照夜，一日一夕六時請福，並遷賞鎮防上天天官也。兆居所若無法師行道者，亦許家男女，止可心存金明，持中而已，其亦要矣。是三元日弟子不修齋持戒者，上元玉司天官不上兆名於生元之籙，法準三刑律論。

無上三天玉司正法律曰：夫天子王侯，若欲寧國安民，以享無窮之祚，保於社稷者，皆封是靈籙，以鎮帝主國王宮合之門上也。

七真曰：十方及諸上天天帝、太帝、上帝，並各各封是靈籙，於諸天瓊門玉合之上也。況復下界天子王侯乎。

無上三天玉司正法律曰：十方飛天帝皇，及諸梵天天王，並五方五帝天君，並各封是靈籙，以鎮天地之運，以保固天元之正度，和適陰陽之氣，致得用自然之化，君乎自然之運也。

七真曰：靈籙者，十方諸天上帝、至真大聖中尚奉之，況復天下人乎。

無上三天玉司正法律曰：法師為弟子封靈籙，收命米鎮信等限，若不為三品準用，施散入功德用者，法師結考九都之官，即入九劫刑律論。

無上三天玉司正法律曰：法師收弟子年償命米鎮信等，自入己身供於父子，而不為弟子建功立福者，罪準九都考官，名入三刑五劫律論。

無上三天玉司正法律曰：法師三元大慶之日，若不為弟子建功，遷賞將軍兵士者，法師身收殃罰於死王之都，名入三刑考律論。

無上三天玉司正法律曰：法師三元日不得為弟子家言名三天玉司生神上官者，法師身見世受諸災害，死入九幽九刑律論。

無上三天玉司正法律曰：十方諸天諸地無極世界，百姓男女人家門，若有災□變怪，妖異猖亡，客鬼招引群凶，恒為天人作諸禍祟者，則應依正法，齎命米命彩命素錢等，詣法師封於靈籙也。

七真曰：若得靈籙者，保兆不但止辟災厄也，亦辟大小陽九、大小百六於水火風刀之窮年。

無上三天玉司正法律曰：十方天人正法弟子，封是靈籙鎮於官宅門戶上者，則使人神澄氣清，宮宅肅然，諸天擁護，三界之官俱來衛門，天神地祇奉承正法弟子，恒來稽首朝拜靈籙，並營衛門庭，無敢生害心者。

無上三天玉司正法律曰：十方天人正法弟子，若家門有諸疾患厄會，陰陽水火盜賊欲來加害，或恒有為侵亂者，弟子家長一人，可沐浴整肅衣服，持齋燒香於靈籙之下，禮九拜，即而啟言災厄輕重，隨由請乞，心存三部。

無上三天玉司正法律曰：十方天人地兆，若家門增口三年之後，則應更封靈籙。若家門失福，減口三年之後，亦當更封靈籙。若三年元增元減，即不用封也，可至九年改籙更封。若不改籙，將軍兵士則應受功昇天而去，是以應頂改籙。若九年不改，弟子即准入三刑律論。

無上三天玉司正法律曰：十方天人地兆封靈籙，不得禮拜符廟鬼神邪師巫祝，並脆物求福，有犯者準三刑律論。

無上三天玉司正法律曰：十方天人地兆封靈籙之後，弟子家門不得招引非人，故氣師姑女郎歌舞宅內。非真之事，準罪幽都三刑律論。

無上三天玉司正法律曰：十方天人地兆封靈籙，不得違師背約，若有犯者，將軍兵士則昇天宮，終不復鎮防守人宮宅也。準罪太陰刑律論。

無上三天玉司正法律曰：十方天人地兆封靈籙之後，當助法師立三千善功，開化天人，樹勝福田，即加真十品，位登上仙。

無上三天玉司正法律曰：十方天人地兆封靈籙之家，當以正月十五日、七月十五日、十月十五日，此則諸天三元校試天地水官人鬼名目，以定生死簿籙罪福之日，封籙將軍兵士兵馬吏兵，各三十六萬人，其象如見，了然有也。圍繞宮宅，振威鎮防，收檢攝捕群凶也。

七真曰：有能如是者，未見無災不消，無厄不度，無禍不滅，無福不生，無盜不滅，無善不宜，無凶不除，無精不卻，無惡不伏，無吉不臻。

無上三天玉司正法律曰：十方天人正法弟子，若欲除卻災害，消精滅禍者，當鳴天鼓三十六通，而咒曰：

無上上清微天清微天清微天三將軍官將兵士各三十六萬人，為某檢攝兵災之氣。無上禹餘天無上禹餘天無上禹餘天三將軍官將兵馬各三十六萬人，為某消除五方非災六害鬼精不正之氣。無上大赤天大赤天大赤天三將軍官將吏兵各三十六萬人，為某收除瘟災毒疫兵災水火疾害之氣，即得殄滅。為某振威動兵，鎮防各三十六萬重，守固某宅，四面八方營衛禁備。一如無上上上元始太上玉皇大道君律令。

七真曰：弟子若家門怖畏，並有不祥光異怪魅，家室憂諸災厄，或鄰家有凶更相破害，或夜中夢想不真，或懼怖瘟災水火盜賊，諸欲加害者，皆當如是咒也。其禍立消，即保爾曹無為者也。

無上三天玉司正法律曰：法師為十方天人弟子封鎮宅靈籙，當一依付度玄籙章儀典次序，以奏言表事也。言奏事竟，即與弟子於靈壇上南北相對，說度靈籙上將軍兵士，弟子皆稱名。受度官畢，法師即勅籙符咒，次封以太上三元之章也。法師而授靈籙與弟子，弟子即稽首作禮於法師前，稱言大道清真正法弟子某甲，而禮九拜。

七真曰：封靈籙事出官章表刺事，並依付度治籙儀典也。此更無差別，唯改易章中小小回用。

無上三天玉司正法律曰：十方天人弟子封靈籙之後，不得作諸劫盜抄略，與凶人更相招引，出入門戶。若為天官司劄弟子家宗，即入九都煞律三刑罪論。

無上三天玉司正法律曰：十方天人弟子封籙之後，不得泄慢靈籙，以穢神氣，罪入九幽律論。

無上三天玉司正法律曰：十方天人弟子安置靈籙，並鎮堂戶之上，以制萬靈非正諸氣。

無上三天玉司正法律曰：十方天人弟子，不得以靈籙賤除，罪同準九都煞律論。

無上三天玉司正法律曰：十方天人弟子，不得取靈籙棄置非己之家，罪準三刑不敬律論。

無上三天玉司正法律曰：十方天人出入門戶，皆當存心思神像，見將軍兵士列於宮宅，恒不忘之者，災害立消，神氣常存也。

無上三天玉司正法律曰：上部三將軍，形長三千六百丈，身相金剛之狀，手握玉皇九色召神八煞靈節，乘三色毒龍，虛凝太空之中，去地千丈，將領兵馬，神功玄降，即使百刃摧心，萬凶時消也。十方天人弟子，常當象見如是矣。

無上三天玉司正法律曰：中部三將軍，形長三千四百丈，身相與上將軍形狀相似，手握九天七色神虎大煞靈節，乘辟邪之獸，虛凝去地五百丈，將領神兵玄降，即使千毒摧刃，萬奸逃亡。十方天人弟子，常當存見形狀如是也。

無上三天玉司正法律曰：下部三將軍，形長三千二百丈，身相同一相似也，手握三天三色神金制魔三煞靈節，乘防非之獸，將軍虛凝，去地五丈，吏兵在地，從上至下彌羅蓋覆一宅，將領兵馬玄降，即使五方瘟災疫毒奔逸無民之地，妖精殄卻，保兆平存而得吉貞。十方天人弟子，常當存見靈將神兵之狀如是也。

無上三天玉司正法律曰：正道則正法，正法則正教，正教則正覺。十方天人弟子，既登正一道，則無民而化正法，是與天人弟子、可不同歸正範也。

七真曰：無民而化者，道本妙無之宗，而妙應於大無，其真空無，至空即至道，通真上妙，豈仁智慧所大量也。以指太虛也，太虛以自難究，何況至道乎。道妙有妙無，無中自然之功用，致此大有焉。故總智以為神，總神以歸慧也。可謂智慧而成此大明之妙中，自然之正智也。正智者則正道矣。其運自功，其化自用，是以四象用之而為主，妙之上妙也。故弘焉萬道之上，更何民哉。十方諸天至真大聖，莫不尊仰稽首，稱乎弟子，上帝天真大神亦復如是，況復天人乎，況復地兆乎，況復鬼神乎，而不欲師之矣。正化既範，更何民之有也。有稽首於法師者，皆是清真正法弟子也。既稱弟子，可謂無民而致化道也。即在其中矣。

無上三天玉司正法律曰：十方天人弟子封靈籙之後，不得共相合進，造立兵仗，謀圖所住國主，反逆帝皇，欺天罔地。有如此者，罪準九幽地下女青八煞律論。

無上三天玉司正法律曰：十方天人弟子封籙之後，不得口是心非，欺陵孤弱，當平等心識，天神來護。若造惡者，法準九幽女青三刑律論。

無上三天玉司正法律曰：十方天人弟子封籙之後，不得煞害人命，凶悖自任，不臣法誡。有犯者，準罪九幽都官三刑律論。

無上三天玉司正法律曰：十方天人弟子封籙錄之後，不得背師欺君。有犯者，準罪九幽長劫律論。

無上三天玉司正法律曰：十方天人弟子封籙之後，法師相去既遠，即許命米，準弟子家門男女八節本命之日，以供弟子持齋功用也。若不准齋，又不送法師門下，準罪九幽八煞律論。

無上三天玉司正法律曰：法師封籙命米，不得居倉聚積，以擬荒年貸取貴直，法師皆準三千九刑律論。

無上三天玉司正法律曰：法師收弟子命米命錢命絹限，不得聚在倉庫而不施散。有犯者法師，準罪三千九幽煞官律論。

無上三天玉司正法律曰：法師收弟子命米，不得居倉庫，三年不作功德。有犯者，準罪三千幽都八煞律論。

無上三天玉司正法律曰：十方天人弟子，若失靈籙者，皆罰靈寶一堂謝愆，事竟，然後方許詣法師更封。若不齋而法師輒為封籙者，法師與弟子罪同三刑律論。

無上三天玉司正法律曰：十方天人弟子，若遇災兵水火厄會，去失靈籙者，則許不勞齋正，詣法師封籙而已。弟子若不更封，準罪九刑陰女青律論。

無上三天玉司正法律曰：法師不得欺罔弟子，妄有所責望，貪利無已，罪皆準三刑律論。

無上三天玉司正法律曰：十方天人弟子自覺有釁，即當詣法師，發露懺悔謝罪也。其愆自除。若不爾者，準罪三刑律論。

無上三天玉司正法律曰：法師不得因弟子休否，有所貪索，罪同幽都九刑律論。

金明七真序

蓋正法者，則正道也。故能朗覺至於大覺，乃登正覺，入乎妙覺，的然大妙矣。實妙之窮微微之上妙，豈以言象能論之哉。自非玄聖，誰敢指之於象外，而引之於象內也。夫靈籙者，本出無上上上元始太上玉皇君傳，從無窮劫中來，常於季劫行焉。出世度人，濟苦於陽九，保百六而無傷。是以道君眷眷之化，豈為己哉。且正教實猶慈母，念念於赤子，亦如良醫之治病，豈願之而不有效也。但救世法乘也，復如之者矣。故三界蒼生，在斯煩熱患難之中，命若燈燭，焉知其苦，亦言樂在其中耳。我觀群迷，真不樂也。所以年壽只如電轉，終淪八難，悠悠長劫，五毒備經，十苦幽徒，將何樂哉。身未謝之間，見世詾詾，災兵莫察，況復此沉骸也。可謂慈真下教，則使幽途朗覺，九夜方明冥昧，發其智鏡之門，以照群生未悟之始，令之通此六慧，曉然無滯。使生者家門吉貞，亡者升化天堂，遊神自在，以利後世子孫之安存者，則此靈籙之正教，而致保兆得度五濁，至於三災六害不使加身，其功能制天地之運，況復鬼神乎，而不滅爽。但無上三天玉司正法，所部如是威神，乃自然之靈將也。兵士亦然唯我信矣，兆民豈能悟哉。

無上三元鎮宅靈籙竟

附錄六　《洞神八帝元變經》〔註 1〕

洞神八帝元變經序

原夫世塗莽昧，利害之道難知。得失未形，安危之機罕識。故蒼生庶類，莫不暗步艱難之里，顛墜險阻之中。所以取困於斯者，皆不能逆見存亡，致茲危殆。故聖凡所寶者命也，賢愚共愛者身也。然則聖人好生，故設教以防其事，以律令威過失之心，禮法開敬讓之路，卜筮去是非之惑。此雖濟生異道，扶教遏非，猶殊途之一致，別贊而同功也。養生之要道，莫過於避害，避害豈踰於去惑，去惑莫尚於卜筮，卜筮莫先於鬼神。鬼神之為用也，或見徵祥於天文，或露祅災於地理，或構吉凶於人事。《易》曰：知變化之道者，其知神之所為乎。神者藏往知來，曲成萬物，故人能通神，則與其齊功，非銷災益智而已。然召役之文，其來尚矣。故東方朔翼奉漢朝稱聖，景純韓及晉代表奇。然則隱逸岩林，獲功效者不勝其數，且久傳斯術，遷流綿邈，辭旨疏缺，難以具聞。假有獲驗之賢，恐泄之而招禍，莫不飲效，故懷阻於傳授，自非金蘭之友，投分之交，豈容吐實以形其事。必有應符契道，分資役術者，方可逢其師，獲其旨要。然世傳斯文者，是沙門惠宗之所撰錄，神圖藥物不過三紙，悉改換藥名，令人不識，又與本草殊為乖背。余弱冠好術，厭世希道，研磨茲文，未曾言倦。但章呈詭闕，無可牽尋。斯術玄微，傚之

〔註 1〕道藏（1～36 冊）〔M〕，上海：上海書店出版社，1988：正一部（4 部）。

者寡。所以吁嗟爽友，無可諮曰。余既好之不已，志在研幽，遐邇求師，勤於諮訪，遂遇先達者經驗斯術。餘則寤寐宵興，伏膺曩日，親蒙口授，咸決所疑，並得刊正藥名，餌服節度，符用委悉。及禹步尺版、祭立壇儀、徵驗雜候，斯等宗旨，咸得其要。今遂推觸類長之，隨所宜應，次第立目，合為十五篇。其學斯術者，必先識次第，善於文要，故建提綱紀目，為其經首，提綱紀目第一。君靈體別，功用大殊，露彼幽通，令人所慕，故以神圖行能為第二。行術進旨，各有吉時，動靜所依，莫不循日，故以論時節要為第三。步綱及祝，惟宜預習，召驗所期，用為最急，故以禹步致靈為第四。符功與術，徵驗是由，習若閒通，施無不速，故以服符見鬼為第五。藥味敗虧，人心不專，神則不降，畢備新香，志在恭恪，靈祇方下，故以餌藥通神為第六。凡欲修法，義須寬靜，若不見置，行術無由得效，故以神室處所為第七。蔬餐素服，足以感神，節儉非久，無以成誠，故以術人服膳為第八。惟清惟敬，可以招神，明靈降福，惟感其意，故以齋中供潔為第九。設哺有方，食必有數，薦味差殊，祈召致違，故以布坐奠肴為第十。群神將見，先兆其候，若不預知，或生不預恐怖，故以徵驗見形為第十一。已得通靈，慮其擾亂，趣欲傳通，不勞輕露，故以淺取輕用為第十二。役使人多被殘害，皆由馭之無法，以罹此損，故以持神馭伏為第十三。人恃所知，多求衒販，泄於非類，必致夷滅，故以誡身保命為第十四。庸人不信，好為詭謗，愚冗無知，或輕譏毀，故以先達已驗為第十五。余敢竭駑賽，裁之鄙見，皆以義類相從，為之章句，其經旨所用，皎如白日，文辭璀璨，婉然成章，雖不博盡群言，亦謂所宜咸備，庶好求秀悊，研覽而具備焉。

洞神八帝元變經

提綱紀目第一

黃帝曰：南斗史佐，八大鬼神，名曰皇天使者，各有為值日，來下人間，偏遊於世，營護學道之人。其有清身重法、懇切尊事之者，必能形見，為人勝友，行住坐臥，與人相隨，吉凶之事，必先誡告，萬象潛萌，莫不預曉，能遏未然之禍，堪致無形之福，萬金非重，此法可秘。苟能慈順忠素，不拘名宦，淡然養性，如若不知，止自為己，專於道者，猶須盟歃，方可傳通。脫以此道輕示庸堅，衒販功能，漏泄神意，凡於授受，各無利益。慎之。勿以傲慢，輕泄反殃。

黃帝曰：術者所務，在於潔志一心，專求繫念，靜照觀行，晝夜無怠，拘攝身心，絕於亂想。亂想則心識不澄，心識不澄則境界不明，境界不明則不能鑽微洞幽，妙鑒無象。豈有逸志懈墮，而能感物者哉。其能不貪軀命而以專求為務者，若決摩霄之水，以注千尋之壑，其易也如此。直有好善之名，而無懇志之實者，若引幽澗之泉，倒越中天之嶺，其難也如彼。然世俗粗事，泄慢不勤，猶無功效，況至道冥沖，而不銳志可以輕致者乎。勉之，務在勤心耳。

凡行術者，必須預習禹步，及與祭文，術中法用，並須暗誦口持，使其熟利。藥物奠肴，特欲精好。可以庚寅日入齋中，合藥書符。以庚子日平旦寅前，入室置座，備設懸符，帶符禹步，服符服藥並訖，方執版讀文，向壇祭之。經文所用，不得蹇澀，澀即致驗差遲。此為術次第之綱維，總收大略之要紀，置術之所必須。逍曠虛寂，齋院神室，彌欲灑浄香嚴，衣服案具，最用精華，進止威儀，不得差失。

神圖行能第二

八大鬼神，並是南斗吏佐，列宿群神。若有術者，精誠學道，心業純粹，好餌符藥，閒習禹步，此等八神，即來奉事。如侍天官，常加覆護，安營無怠。而吉凶未象，禍福始萌，神能逆知，預來誡告，又令術者常得斯益。然群神呈效，各有所長，業行殊能，功用不一。或能辟兵來敬，雪怨報讎。或取藥供人，令得仙道。或招官除謗，致悅興財。或令致真見神，洞鑒精魅。或能轉禍為福，取食贍饑。或作醫巫，預知生死，千里轉通，令人聰慧，廣取財金，以供學者。或令田蠶倍收，珍物盡致。或令夜行禳盜，辟虎追奔。斯等之效，動延萬品，若欲備言，書不能述，略陳功用，並寫神圖，依經列次第，條之如左。

淺青衣淺紅裙

乾第一鬼神，名興文。能興人辟兵。所出入處，人常尊敬之，能報怨讎事，往來為人除害，能卻陰邪之事。其神圓冠，有三道熠以麥索著古衣革帶，右手持刀，左手垂下。

淺紅衣淺黃裙青緣

坤第二鬼神，名興成。能取萬年不死仙藥。陸地孔中有魚長一尺，咸能取得，與人餌食，使得長生壽萬歲。昔有術者張雍、宿靖、刑辨、董宣等四人，並使此鬼取食之，應時得道，今見在陽遂山中，不妨食穀而享長年。

青衣青裙並皂緣

震第三鬼神，名興松。能令人富貴，封侯累代，禳諸讒謗，身無非咎，萬事得意，常懷歡喜，種物倍收，百惡盡止，所願之事，無不從心。

淺黃衣淺紅裙並皂緣

巽第四鬼神，名興明。能令人不習禹步，不服藥，持此文三年，自然通見鬼神，昭然了了，凡世間諸鬼、樹木水土、山林門戶、井廁捨宅、牛羊豬狗、蟲鳥狼虎，一切精魅，世間徵怪，經書所錄有姓名者，二百四十餘種，悉皆盡見形狀。不服符藥，直持此文，三年成真。

紫衣綠緣黃裙

坎第五鬼神，名興兒。若有曲事妄加，若身不實為詐，先能變化君主，轉禍為福，高步獨脫，直至有驗。若世遭儉饑，又可使取飲食米穀，供用無窮。

淺紅衣淺青裙並皂緣

離第六鬼神，名興敘。能令術人作醫巫，預知生死。若人家有疾病，了知差劇死生之證，可使取千里消息，委曲之旨。令人耳目總明，取金銀財帛，置於人家。秘之。

淺青衣淺黃裙並皂緣

艮第七鬼神，名興進。令人宜田蠶倍收。又能取珍奇可貴之物，盡置家內，又能取食魚肉立至。可使召女子，千里之身隨意即至。不傳於他人，必秘之，萬金不得示人。

素衣青裙青緣

兌第八鬼神，名興高。能令人夜行無畏，不逢劫盜，辟二十七惡，驅役虎狼，走及奔馬。秘慎之慎之。

此八大鬼神，兩神一對，值日下來人間，三日一番，循環相次。受之者以其值日，依經齋潔室內，戶門西樞之間，置座設祭，呼名召之，應時即無差越，百試百驗。先賢後聖，歷代遵傳，豈妄設空文，誑惑後生，何益於先達者矣。若好道之賢，切敬祭之，應時必效，不踰於瞬息。

論時節要第三

兩儀興用，謂之大造，大造所要，必計陰陽，陰陽所宗，依於日月，日月所樹，名曰四時，四時呈效，謂之通變。通變致功，能成萬物，萬物所生，莫不因時之所用，其利遐博，故能裁成庶類，雕刻群有，而萬象潛萌，時堪引就，品物盛興，時登遷易。故時者，引漸成形，而所引不識其成。遷物令朽，而物遷不覺其朽。故時切妙密，厥用必然。所謂蒼生是賴，日用不知，惟達者通鑒。預悟斯旨，為功必就，時不可失。凡諸動時，莫不因時。故時之所用，廣矣大矣，無所不宗。若乃天時舛互，則風雨不調，地時不休，則玄黃罕育，人時不滅，則彝倫頹毀。而賢達之遊於世，或出或處，或默或語者，莫不候時觀變，然後獲安。堯曰：欽若昊天，敬授人時。呂望曰：時不再來。難得而易失，難成而易敗者，惟時之謂歟。故時者，動天地，感鬼神，成人事，可謂三才備用，六合神功者也。然道術所宗，學者所務，莫不趣法陰陽，遵候時節，必以令月喜辰，方可行術，然所以致失者，其惟過與不及耳。此乃亡機之巨害，克就之宏宗。故失之秋毫，差之千里。是以立功之士，必寢志於候時之境，棲神於應機之域，勤求一向，棄命損身，罄心於此矣。

常以仲季秋二，春夏孟一月，此之三朔，並為上時。春時木王，木德主仁，仁主吉慶。然四時之最，莫尚華春。春者，乃是青升玄退之初，萬物咸新之始。然則年光豔逸，氣序葳蕤，晝靜宵清，炎涼適會，時和景暢，人性溫柔。寔術者可以修志。其修者，或於聚落寬園之中，或在平原逍曠之所，或入名山恬寂之處。時乃荒郊闡翠，節物開妍，竹蔭山階，茅簷接菀，花飄異馥。兼出萬規之模，葉散殊倫，更開千種之樣。或園樓帶沼，或綺楝連山，或閒居隱室，雰霏霧裏，或沖甍聳岫，半入雲中。哀禽巧哢，風度必聞，水響崢嶸，修流海至。茲晨所尚，可馳龍馭鳳，控鵠乘鸞，策雲車而陟玄庭，駕彩輿而升紫極，況役術小文，何往不就。故夏為次時，秋冬為下時，而春上時者，非獨氣和時吉，亦欲就烏新卵，及濕和藥。夏中猶有晚烏稚卵，故以夏為次時。所以秋冬為下時者，恐烏卵淹敗腐，藥勢不新，致術遲驗故也。事不得已，不及上次二時者，採卵令乾，秋冬行術，亦得充用，不廢通神。故經曰：惟德是馨，黍稷非馨，神明歆德，何必專在祭肴藥物而已。

潔齋日法：未入神室，七七以來，或事不得已，或七七以下，乃至一七二七以來，並得在齋潔淨，至庚子日，始得入神室祭之。

合藥日法：預備藥物，以庚寅日入神室中，人定亥時，搗藥和合令訖，並書符使了。

服藥日法：以庚子日寅前入神室，先禹步服符，然後服藥並訖，方讀文祭之、符依藥日，故不重言。

祭時日法：朝祭平旦寅前，夕祭人定亥後。

神下曰：興文、興成，此二神寅卯辰日，下在人家。興松、興明，些二神巳午未日，下在入家。興兒、興敘，此二神申酉戌日，下在人家。興進、興高，此二神亥子丑日，下在人家。

右八鬼神各有下日，欲召之者，庚子為始，入神室呼名，祭而召之。神見日限，依法敬祭十五日，來神悉見身，與人言語，與跡相隨，任問從役。

神見日時：神欲見時，或在寅前，或在亥後，或在夜半。雖舛錯無常，不離三時，術者年時所宜。

凡受神役鬼之術，蓋是玄洞隱秘之文，道士求仙之法。或有吉人，清心重道，習靜好閒，志在養生，潛神隱逸，捐名棄位，不染俗途，寢寂安虛，不交於物者，斯人致學，必致得道，非特知微知彰而已。或有君子懷仁履信，體義行忠，志道雖深，不能棄俗，身染世塗，亦得行此。唯恐漏泄未形，輕露凶吉，或為神擾迫，矯誑生民，遇斯患者，罕不兵戮，故非流俗所宜應行，必好之不已。春秋未高，亦不宜學。年踰四十，可行此術。然強壯之年，行無尤悔，假有韜蘊博深，其堪寶密，斯人致學，或可無累。若能爾者，可謂乾坤之水鏡，六合之明心，以後篇目，自有懇懃誡約，故不復委云。

禹步致靈第四

禹步者，蓋是夏禹所為術，召役神靈之行步。此為萬術之根源，玄機之要旨。昔大禹治水，不可預測高深，故設黑矩重望，以程其事。或有伏泉磐石，非眼所及者，必召海若河宗，山神地祇，問以決之。然禹屆南海之濱，見鳥禁咒，能令大石翻動。此鳥禁時，常作是步，禹遂摸寫其行，令之入術。自茲以還，衛無不驗。因禹製作，故曰禹步。末世以來，好道者眾，求者蜂起，推演百端。漢淮南王劉安已降，乃有王子年撰集之文，沙門惠宗修纂之句，觸類長之，便成九十餘條種，舉足不同，咒頌各異。詳而驗之，莫賢於先舉左足，三步九跡，跡成離坎卦。步綱躡紀者，斗有九星，取法於此故也。自茲以還，更無異效，可以尋研者矣。其欲召神見鬼，禹步最為急要，步及咒文，時須熟誦，利即神來，生即乖闊。故以前件效驗文圖，列之如左。

禹步法：於室內，術人鋪前，面向神壇，以夏時尺量三尺，為星相去之間率。以清淨白灰為星圖，及八卦之數。術人立在地戶巽上，面向神壇坐之，方鳴天鼓十五通，即閉氣步之。

先舉左足踐離，右足踐坤，左足踐震，右足踐兌，左足從右並作兌。乃先前右足踐艮，左足踐坎，右足踐乾，左足踐天門，右足踐人門，左足從右足並，在人門上立。然後通氣，乃為咒曰：

乾尊耀靈，坤順內營，二儀交泰，要合利貞，配天享地，永寧肅清，應感玄黃，上衣下裳，震離坎兌，翼贊扶將，乾坤艮巽，虎步龍驤，天門地戶，人門機衡，衛我者誰，昊天旻蒼，今日禹步，上應天綱，鬼神賓伏，下辟不祥，所求如意，應時靈光，不順之者並收伏魁綱之下，無動無作，急急如太上老君律令。

服符見鬼第五

符者，蓋是天仙召役之神文，學者靈章之秘寶。然則符文於術，無所不宗。故云：玄文垂象，王者當有衰盛；坤文兆靈，百姓所以存亡；變怪見微，室家必有善惡；龜策呈文，筮者豈無臧否；符文已彰，鬼神何能隱伏。故道家以靈文太版、真文大字，及都籙鬼符，並是役神之秘書，階仙之典誥。真人隱要，莫不因符。能效諸符之力也，或致天神地祇，或辟精魅，或服之長生不死，或佩之致位顯達。若備言功效，則書而莫盡，所以略叙綱維，其學者宜存志矣。

乾符第一，仙人興文之臨之符。乾上懸之，位在西北。

乾符同前。此乾神姓劉，字伯升，吞之。

坤符第二。仙人興成柱下之符。坤上懸之，位在西南。

坤符同前。此坤神姓朱，字姜孟，吞之。

震符第三，仙人興松建綱之符。震上懸之，位正東。

震符同前。此震神姓劉，字亮卿，吞之。

巽符第四，仙人興明玄精之符。巽上懸之，位在東南。

巽符同前。此巽神姓張，字曹龍，吞之。

坎符第五，仙人興兒大建之符。坎上懸之，位在正北。

坎符同前。此坎神姓焦，字君子，吞之。

離符第六，仙人興敘日精之符。離上懸之，位在正南。

離符同前。此離神姓馮，字馬許，吞之。

艮符第七，仙人興進日原之符。艮上懸之，位在東北。

艮符同前。此艮神姓王，字玉平，吞之。

兌符第八，仙人興高太玄之符。兌上懸之，位在正西。

兌符同前。此兌神姓劉，字孟元，吞之。

黃帝曰：欲召八史通靈，役使鬼神者，必以庚寅日人定時，在齋室之中，以桐板方三寸，背破向建，朱塗板上，閉氣以墨書之，令八符當時即成，寢著神室之中。至庚子日置著壇側，當位八方之上，亦當日以朱砂畫八卦符吞之，見神之後，乃止。

黃帝曰：此符乃是真人神仙之所奉行，若術人精心勇切，遵誡敬修，謹依經法，所制清淨，懸之必能立見鬼神，隨念即至。久服亦得白日昇天，豈獨通靈而已。

餌藥通神第六

藥之為用，廣矣大矣，然則含靈通識，莫不資之所以存身。故還丹玉液，神仙之秘道，異草靈芝，養生之要路。故藥者，可謂流形之命，聖達之心。語其功也，或能興雲致雨，愈疾通神，威虎辟兵，禳災厭盜。或明人耳目，或移人性靈。故金朱增年，銀屑益壽，石膏發汗，大戟必瀉，麻黃見鬼，莨菪拾針，此乃藥性，殊能無所不致。斯則與覆載侔功，四時齊變，功庸無盡，難得而稱焉。

鬼兵一分，一名鬼箭，今時鬼箭草是也。□咀取羽，共帶皮而用之，根葉枝莖，非所須也，是山之中，即有此藥，依時取任用之。

鬼扇一分，又方扇，是苗處山澤中，偏饒此藥，故不復言。

鬼軋一分，又名石軋。此藥出處正是山陰石上、水流過之處，石上水苔是也。但是諸山陰石上水流過之處，即有此藥。石笞是形如水中苔。

鬼苗一分，又方用鬼督郵苗，名為鬼苗，見用之亦有效驗。

鬼臼二分，一本一分鬼扇根是此藥，世間常用易識，故不復委細注之。

真丹砂五銖，此藥出雄黃中，然與雄黃少異，其形色黃明潤澤，勝於雄黃，不甚有薰黃之氣，然猶是雄黃之類。

烏卵三分。易識，故不廣言。二月、三月春時，於鳥巢中探取，未經斷壞者，良用之。若須合藥，及濕即須合。可取十五許個，傾取黃白著瓦器

中，日曝令乾，刮取紙裹，藏之，擬秋冬用。所以乾之者，此藥既是一時之物，恐非時而求之，難可卒得，故須曝乾以備不虞。臨須服藥，當以泉水漬之，卵令其濕液，然後和藥為丸充用。

合藥法：預備六種藥物，令六味具足，事事新香，不得腐敗。依經擇取庚寅日，淨持諸藥，取人定時，在齋室中，背破向建，合搗細篩，以鳥卵閉氣，和之為丸。合藥時不用一人知見，惟術者自掌，泄即無驗，徒費施功，不可不慎。

服藥之法：依經擇取庚子日寅前，入在神室，先懸符帶符了，次即禹步，服符藥訖，然後祭之。朝祭之前，即須一度服符，一度服藥。暮祭之前，又一度服符、服藥。符服兩道，藥兩丸，丸如梧桐子。一日之程，以此為度。服時必須口含一丸良久，令藥口中解散，然後吞之，不得入口即吞，致神不降。但精心敬肅，依法服之，十五日內，此八鬼神悉來見身，共人言語，百試百驗，次得非虛也。

若恐鬼神傳通虛誑，譎詐不實者，可以藥一丸纏埋，著初見神所立之處地中，即所召鬼神，永世不能妄語向人。此術厭之，數用有驗，神良假為此術，眾事具足。若不服藥，無所見。要須服藥，始得神通，種種役問。此術之中，最以服藥為其宗要。

學道人言勝，先張魯稱道仙經有四十卷，八千萬言，考研機實，或藥貴難得，絕穀不食而仙叵得，或食穀如常藥，而萬年神仙。所以然者，聖人不同，各師其意，故致如此。常廣寫仙方，見藥問鬼，鬼自識之，語人善惡，鬼神有信，實不虛言。

神室處所第七

召役之法，要在山中虛靜之處，必不能遠尋岩藪，或於聚落之間，訪覓寬閒園宅之中，置立齋院，必是傍無孝家。此室必須新造，若事不得已，舊室亦得充用。神室之中，特不得曾經停屍，及六畜產污。以香泥塗地灑掃，勿使不潔，致術遲驗。仍恐致室違經，故圖神室儀形如左：

為衛之處，置立牆院，或豎柴施柵，但令蒙密，窺不見內，即得充用，院方二十步，若事不得已，寬窄任人。去院內南牆、西牆各四步，置神之室，室令三間，間中丈六。東間壁下，術人地敷鋪，頭向北舒。中間南向開戶。西間南西北三面，各開一戶。西間下三面門中，置立神壇，高三寸，積土為之，方八尺，於四面各二階道。以白墡土，和白草香末，熟搗泥壇，極令香白可愛。比至祭日，令乾，不得濕穢，勿令臨時不潔。神室東置齋室，大小方丈。神室東西近南角，開門通齋室，以厚席簾之，不用露見。神室之內，又開方尺窗，以紙糊，使室內明瞭。齋室北又置一室，亦令方丈。齋室北面東角開門，令通此室。此室北面西角通門，擬術人出入。供祭具雜物，悉著此室之中。凡諸室門，兼令有簾有扇，神室宜以箔簾之，餘室以席簾之。

術人服膳第八

衣者可以禦寒濕，可以表禮敬，故衣弊則慚避之志露，服新則勇伸之意生。垂纓鳴玉，則文雅之懷播；擐甲持矛，則雄武之情逸；布衣衰絰，則悲悼之義存焉；葛冠草履，則希道之心銳矣。以情隨服變，意逐事遷，表裏相感，中外合趣，所以動術者之心，致神來之意。求善者存性命，視奢儉。重肉美膳，則驕誕長淫；菜蔬簞食，必欲微神靜。衣食者，人事之急也。故道誡持之於先，臭味垢衣，猶非代俗所宜，況術者清嚴，安可輕耳。其要者也，必去奢節儉，雅素為真，或著葛巾，或鹿皮冠，裙衫或裙襦，帛抹或氈靴，並得充用，衣裳新淨。若賓遊遠處，必不得已，始取俗服，新衣亦得充用。

術人在神室東壁下，地敷氈被褥席，並得行用者也。

術人日得再食，食粥食鹽，亦得食飯與果。食常欲少，不可飽，令體內虛弱，弱即神祇易著，強即召神難成。可預儲十五日調水及食菜等，皆令備足。不得觸禁日日遠輩，無致喧雜，務在清虛，寂靜為最。

齋中供潔第九

人事之先，莫尚於恭敬。修敬之所先，豈過於鬼神。故身恭可以服人，心敬可以感物。祈禱之禮，則先之以粢盛；召致之儀，必須預備以齋潔。當想神來，思神所能，存神所在，惟清心息，不亂而已，此外無所間然。術者當以庚寅日前三七日，來在齋室中，潔淨香湯，七日一浴，不得色穢、酒肉、辛葷、嗔怒之類，並不得為。尤不用出齋室，浪與人言語，獨在齋室，清浄勤恪，專念神形，不得懈怠睡眠，以致驕慢。若能百日潔齋，術驗彌速也。從庚寅日前三七，乃至庚子日前，並在齋室中潔清，以已亥日香湯洗浴，即以此日夜四更中，入神室，敷設祭具使了。寅前入神室，依法祭之。從庚子日入神室祭神以去，彌須敬切儼然，不得趣作出入，牽畝滋＃以忤神威，兼亂術人之想，想亂不精，術必遲驗。如人鑽火，務在心速，速即應機，遲即疏闊，推此觸類可知。神室之中，日沒以後，荏子脂油，為燈然之，不用過明，如常燈也。置燈在術人鋪南壁下，燈炷小大如簪細頭，又以絹籠之，才使朏亹，類似白夜，不假分明，即鬼神不安，暗即人眼不見。以意裁量，折衷取用。可斟酌脂油多少，令得達曙，不得夜半燈滅，中起續之，致延紛雜，令術者意亂，觸忤神來。惟欲靜心為務，燈脂寧多而不得少，寧暗而不明。一一依經，不得差較。

布坐奠肴第十

靈祇分王，各有其所宜。布肴設饌，必在其方。猶如分野，儀無亂雜，五色體殊，豈容舛互。然則祈擣之文，莫過於祭祀，薦神致祐，豈踰於美食。然則心無至誠，群神不降，奠味不馨，則肴徒設。祭神所要，惟務心切食精而已，術者當以庚子日入神室戶西間下，壇上白茅為薦，置：

興文、興成，此二神之座於壇上東面，令坐整當階道，二座相去二尺餘，座仿此設之。興松、興明，此二神之座，於壇南面。興兒、興敘，此二神之座，於壇西面。興進、興高。此二神之座，於壇北面，燒白香塗灑神壇，及種種掃潔，並用此香。

凡召役鬼神及祈禱，皆用此香。此香鬼神之所歆響，餘香非是所用也。世人又名此香為茅，田野之問偏饒。此香晉陽山中最是所出，牛馬畜牧不食此草。白茅為薦，此八神之坐，悉以白茅捩紐，狀如稿薦，形似傍箕，還以茅為繩編之。作經並不用麻茅薦，大小方尺。採茅時，若靈茅三脊者最良，必無可取，但令鮮潔，不得輕示穢污，使神不響。此乃神祇所坐，是以特用香嚴置八神坐，以茅薦置壇四面，面別兩薦，薦在壇內，不得出壇。二坐相去二尺，坐去角二尺。則別一帕，黃絹為之，大小方一尺八寸。神坐前各置一帕，悉著坐東，令神東面受祭，置設帕訖，然後帕上設食。帕別兩盞，盞中安酒必滿著，不得令少。酒醇清，不得添和，使有灰水。酒必須自醞，事不得已，始可外求。帕別安脯，必著鹿脯，特須新淨，不得腐敗，微燒令熟。其脯方寸者，二枚可為設。若無鹿脯，可求之牛羊雉兔，亦得充用。帕別安好棗，棗安四枚。當用青州東陽所出之者特好，治事使之潔掙無塵垢，並須完全，不毀不蠹敗，始可堪用。乾香美者，方堪獻上。若無東陽，可求隨鄉所出，亦得充用。若七八月，社中復須設生棗，亦得充用。帕別安栗，栗安四枚，當取幽州固安所出者，特欲新香不朽壞者，炒之令熟，去皮，必使色貌黃潤，氣息氛氳。若無固安者，隨所出亦得行事。帕別安餅，餅安四枚，白餅糐熟，不用脂煮，餅徑一寸，直漱白麵為之。麵必須當年新麥，不得蒼鬱。作餅必須清淨，不得穢器，及婦女為之。壇上四面，面別置坐，坐東敷帕，帕別設之食，食數依經，不得損益，奠必須肴，不得一設再祭，以招不敬之失。徹下之物，宜術人服之，必致神來之速。祝文以墨書桐板，讀文跪啟告板，廣一尺，長一尺二。朝夕二祭，常讀此文，祝詞曰：

某為南斗，按行天下，除諸不祥，與子為友，自東徂西，無復限礙，我常食汝，最上飯食，當與吾取金銀財帛，陰密之事，吉凶善惡，未來過去，使我預知。吾意所好，盡皆令得，無爽言信。今奉美酒、香棗、甘脯等饌，庶事馨香，願垂酣飲，醉飽為度。早來隨我，永不遠離，晝形為友，莫相負失。急急如律令。

徵驗見形第十一

自是之後，即有影響，或即見身，或夢非常之物。但令心正不亂十五日，來神悉見。形當欲見，術人精神悖悖，驚怕憧憧，遍身毛豎，體中寒熱，悚惚不安。此神見之先徵，獲驗之決候。初見神時，但為賓主之禮，無跪拜之儀。神初見之時，其形甚微，倏忽之間，漸漸分炳，形見未明，不須與語，彌加專念，勤祭而已。須臾形露，鬱耳分明，璨然睹訖，心念欲問，神即答人，自道姓名，於是相隨，永不乖背。但人鬼道別，幽顯理殊，乍見群神，多怒恐迫，特須勇志，不得驚惶，見說少時，心自安帖，因此相隨，常為勝友，潛萌任決，惠察無窮，徹視之明，自茲而著。術已訖，即於壇上盡供，備設竟夜醮神，使酒沃滂沲，散肴狼藉，鼓舞盡情，寤寐達曙，敬玩斯徵，深懷欣泰，令人神慶悅，博盡歡娛。仍須七日以來，寢在神室，縱橫數祭，不得習常。此外任行，無復限礙。必有官事牽纏，義不得已，當以其事啟白神知，方可出齋。假出齋外，猶須自抑，每事存心，務令聲色和柔，動止庠序，庶欲沈緩，勿得驚神。神初附人，其如調鷹馭馬。不得不勤之於念慮。凡與世交，尚須益敬，況持神馭鬼，安可輕哉。當初受得神時，術人作十許日，意情之中，不用見人。所以然者，乍得通神，術人耽玩，專味神談，欣於效驗，每事必知，所疑咸決，逸於新愛所致，此必須自抑，不得過然，令人著邪，返於正道。此之證候，令預件告庶，令術者深加防護，就於休善，不得慢於舉範，被人疑已近左道之謗，君子所恥之。神術已驗，令人百日以來，神志恍恍，不能自安，或欲勤產求富，或欲學問立名，或欲規位希官，或欲捐家隱逸，如斯等比，思想萬端。若逢此候，特須忍抑，不得隨神所欲，種種施造，若不忍迫，必有災累。已過百日，還即清浄，人神吉正，永絕祆徵。術人者宜須預識，深以防之。

淺取輕用第十二

受得神訖，恐人情膚薄，不制克志靜心，多矜所知，廣露凶吉。或於帝王之所，或在俗網之中，因神授訣，泄其徵驗，如是之徒，反被兵戮。自古以來，此輩非一，若飲粗略知之，不用言與鬼神為友者，故立斯篇，微取少驗，才得通傳而已。如此用者，次無災橫，全身兼術，不亦休乎。

術曰：淺取之法，可依前大術，一一無別。唯不須服藥餌，直禹步訖，以藥一丸置頭髻下，又以兩丸塞耳中，又以兩丸內鼻中，又以一丸飾齒唇目臍中，二七日內，依法祭之，即得見神，亦得具決吉凶。雖見神形，朏亹不甚分明，如藥真受之者，依前大法，服藥求之。十五日內，決定還得斯術效驗，無往不克。唯恐粗率不慎，衒販猖狂，希道求生，反貽殃滅，若能徧知世事，杜口不言，預見安危，懷之不泄，止自養生獲安而已者，永無兵災，終離橫禍，必致神仙，享齡天算，財寶貨產，坐延巨億，榮位宰輔，立求可至。但道士清虛，寂靜為務，通人懷遠，棄俗清心，豈可有希財職，而論世利。故略說道要，恐未能修，凡所施為，無所不致，所以導初學者，令知道義之宗耳。

持神馭伏第十三

黃帝曰：人性能通鬼神，而神與人道理有殊。神能告人吉凶，而人塗與鬼神體別。然後聖鑒圖備，盡性窮微，遂乃闡幽顯用，獎導群俗，敷演術藝，能役鬼神，憑茲利益，以致仙道。凡諸學者，若已證聖，心自明悟，不藉餘緣。其未聖以還，下及凡俗，設有聰明才智之賢，索隱研幽之士，此等適可閒於庶務，體識人倫。凡夫境界，自有限量，肉眼所鑒，何能逆睹要籍神傳，方預不測。是聖人垂文教、役鬼神，欲令學道者逆睹未萌，坐知萬里，養生避害，以致茲益，可謂仁人之惠，其利博哉。但人鬼之道隱顯，非類而合，理會必難。且以父子君臣言之，若父子情乖，必有凶逆之徵，君臣猜貳，寧無吞殘之戮。況以有形世俗之人，驅策冥潛無形之鬼，斯趣微哉難哉，而馭之非易。故略敘持神要用，曉於將來，冀味道之賢，景行斯益。

凡召得鬼神，與人相隨，義如昆季，事等朋友，必須終身思念，懷敬數存，不得廢闕，使神心息，傳事致虛。以其虛損，人心不平，神知不平，神即忿怒，與神成隙，隙成多陷人以兵，勿得怠墮不勤，以招殃釁。

凡召得鬼神，不得過禮寵之，專從神語。寵過則神鬼驕，驕即慢人，人怒神即不平，人神成隙，必陷人以害，不可違失，以致災凶。

凡與神居，不得過行不善，或殺或淫、或佞或盜，或矯神言，恐嚇覓物。斯等穢污，是神所惡，人以神惡，人或不平，人神成隙，多陷人以害。若履忠信而行之，必延福慶，吉无不利。

凡通鬼神者，或令人性移易，或令人健嗔急性，或令人耽行淫色，或令人多貪貨賄，此乃所得鬼神性品不同，故致如是。必須審探分明，深自抑退，不得任信神言，致使人倫舛互，舉止改常，以招殃禍。

凡鬼神體性，惟欲廣道吉凶，博傳眾事，彰其驗者，衒露功能，必須抑忍，不得浪泄，唯可心知，不得口道，道即來兵，泄即致害。斯事如影之隨形，響之應聲，特宜靜慎，即不罹惡。

凡與神居，鬼神之性，專欲令人傳其效驗，騁其神著，以露功能。人亦抑之，多為鬼神反來耗擾，或令人飲酒過度，猖狂炫厥，精彩昏錯，恍然不安。唯可堅忍，勿為彰露，須臾之間，還自安靜。但於至親眷之所，或在款曲朋友之間，靖密熟煉，知其賢善，或可託以龜筮，或可陳其夢想，或相氣色，或假醫方，或因脈候之中，種種假託，微依神告，趨作傳通，必宜以實，為其利益。一則暢泄神心，以致欣悅，二則申事以精，便加穎利，永無痾疾，神不見尤，得濟拔困厄，救度危亡，廣利群生，為世備益，可謂次聖。以還為人父母，真人廣濟，何以加茲，斯則後食獲利之道，唯英明聖達之流，乃能精心於此。

凡役鬼神之法，不得將不急之事，令神卜度，此名無理用神。不疑之事，人情所及者，亦不得故問，此謂勞神，神或不悅，不悅即於人致凶害。但惟欽敬，請問吉凶，无不利矣。

凡欲役鬼神之法，特須靜慎，敦厚謹密慈愛，先持身心，然後方可持神。特不得慢神，不得過為寵著，唯得微行假託，以暢神情。備如上說，此持神之經綱紀，又安知序目，千誡萬慎，唯須敬神，閉口不泄為務。漏即殃禍立至，兵戮無疑，慎之慎之。故聖人有言，追悔不如預防，斯之名教非虛論。

誡身保命第十四

黃帝曰：聖人保命之最，莫上於身心。利害身心，豈過於善惡。善惡所起本心，心法不住攀緣。是用所緣者，名曰境界，能緣者，名之曰心。故萬品所起，莫過於心。萌於心者，名曰行業，行業所標，名曰善惡。故縱慾為惡，息貪為善。善者能為濟俗出塵之益，惡者必作敗德染穢之資。故聖人知無形，而用心者也。形不自運者，心也。然心不託於身，則不能顯班備用，身不藉於心，則亡滅不起。故身心體異而理符，致用萬善而趣一。故能表裏為用，動靜相持，身無獨往，為心所使，心法不淨，唯欲攀緣，身量無涯，納行不息。故心為凡聖之根，身為苦樂之聚。聖人知患生於心，愆必由己，是以清心除患，潔志消愆。凡俗之流，其即不然，肆情縱慾，不知欲出於心，侮慢矜奢，不知慢生於己。唯騁愚暴，不顧其身，故以禍難所階，由之不識危亡，自此日用不知。故聖達愍愚，而興教道，欲令學者，夷志以息事源，拘身以遏貪緒。故設禮儀所以成俗，陳仙道所以出塵，二教備聞，致濟群俗。而未達還無，以還無預鑒未象，故遵之秘術，召役鬼神，庶以逆見存亡，預知利害，令去危就安，以致仙道。故志逸者慕道以存生，好寂者清神以息務。自非蘊解中心，藏言不納，何以策馭群靈，保其遐算。略陳誡身所要云爾。

凡役鬼神者，其事極難，必須靜慎，省作交遊，不用向帝王宰相之間，過為關涉。多喜不忍所知，泄其神效，漏即披猖，死亡交至，此則誡慎之，誡慎之。

凡役鬼神者，永世不得語人，自道役使，泄即殺身，死不旋踵。且父子之間，不用令知，況百姓浪人，而得聞此。終身閉口，不得輕泄，泄即致禍，以自兵屠。此則身誡，慎之慎之。

凡役使之人，自恃其能，恣行不善，或矯變神言，恐迫取物，或伺人災隙，衒賣求利，或欺詐百端，詭誑千等。如斯過失，書不能盡，所謂負乘竊據，滅不踰時，明神有知，必加極罰，是則勤誡，可不慎歟，可不慎歟。

先達已驗第十五

嵇康，字叔夜，晉大夫也。時人稱其流輩，山濤、向秀之徒，號為七賢。而康蘊業通經，博極群史，作養生之論，刊正典音，好屬文筆，尤工詩賦，學亮多謙，英偉通識，黃老沖虛之教、玄洞秘要之書，莫不盡窮，貫之心胸。遂寫斯文，畜之不倦，三年長嘯，呼八神之名，神乃見形，為之驅役，預識未萌，坐延萬物。神又授康琴曲廣陵散，名傳今日。康竟不行禹步，又不服藥，直寫禹步服藥之文，懷而耽玩，亦得見神，種種役問。

沙門惠宗者，不知何鄉人也。但好斯法，繕寫此文，未受之間，遂在中嶽頂上，夏坐安居。居日未終，悉見群神，任之驅使。然仲舒令巫火自灼，林宗有知人之識，佛圖澄云趙必亡，釋道安言秦必敗。察斯皆因此術，以致其能。

若無憑賴，竟與凡俗有何殊別。然凡世俗之人，學此術者，多生恐惑。所以然者，鬼既非常人所見之物，想預睹神，逆畏擾害，以此疑懼，信受致難。遂使探賾之賢，暗於知解，雖有避害之名，而無離禍之實。徒有攝生之志，終無延壽之真。皆由阻於通役，以自防護。余每愍其事，遂引先賢曾經驗者，著之篇目，庶俟索隱志道之賢，勤於斯事矣。

魏永平元年，有幽州人劉助、高榮祖、顏惡頭等三人，於幽州西山中學道，經已七年。忽然大雪尺餘，有一仙人自云：我姓呼延，字道僧。即教榮祖上備，教惡頭役鬼，教劉助使此八神。助因與朱天柱作幃幄，其洛京即天柱，除助作僕射，尋作幽州刺史。助教樂崇欣，欣教雁門王旭道人，旭教永泰寺靜愨，愨教弟子僧儒，儒教劉徽、祖積。積再於儒邊口訣，具足得之，今故傳之。冀仙術不朽，每授與好事者，無不獲驗。故左元放、鄭思遠、葛洪、公明、景純、卜栩，皆悉得之。嘗見其法，不能具備於此。神仙召役文圖，秘咒證經，東井沐浴之日，役召鬼神，非得此不獲得之。

正月十日，時加亥；二月八日，時加戌；三月六日，時加酉；四月四日，時加申；五月朔日，時加未；六月二十七日，時加午；七月二十七日，時加巳；八月二十二日，時加辰；九月二十日，時加卯；十月十八日，時加寅；十一月十五日，時加丑；十二月十二日，時加子。

右此天上東井沒時，以沐浴召諸鬼神，皆得如意，來集役使。得此日沐浴召請，無不神驗。又使人富貴，常與天仙聖人交通，延年益壽，此乃道氣養神，長生久視之要道也。秘之不傳矣。

洞神八帝元變經竟

附錄七　《洞真太上太素玉籙》〔註1〕

太素玉籙者，玉晨君所修，五帝神使秘於素靈上宮大有之房，得者飛行太空，能隱能藏，給玉童玉女各二人，密修即驗，洩露致災，精加謹慎，諦憶師言也。

太素君元成老子，天之魂也，治在太清之中句陳之內，常侍帝君，主真元之炁，號曰太素君，與太和君對侍帝君。太和君皇成老子，天之魄也，主胎元之炁。太素常衛左右，太和常從出入，天帝入紫微，正在崑崙黃闕紫房太一君所。三君三炁，本混沌一原，應化之根，與天地為四，並兆身為五，能存五者，與道合真。

常以月二日、三日，夜半子時，安臥閉目，存兆身頭太清太極宮中帝君，次思左目太素君，衣青衣，冠九華冠，左手持青芝，右手執青旛。次思右目太和君，衣白衣，冠五華冠，左手持金液玉漿，右手執白幡，在帝君左右。太極有九名，一曰太清，二曰太極，三曰太微，四曰紫房，五曰玄室，六曰帝堂，七曰天府，八曰皇官，九曰天京玄都。要而言之，從人頂上直下一寸為太極宮，方一寸耳，在六合官上。六合宮，太一之神皇常居其中。

常存三真畢，又存我魂一人如我之狀，上入太極宮中，二老因授青芝金掖，使以與我，我食芝飲液，芝似蓮花，掖如美酒。飲食畢，存再拜帝君之

〔註1〕道藏（1～36冊）〔M〕，上海：上海書店出版社，1988：正一部（4部）。

前，言曰：今日告請，帝君在庭，賜以神芝，金液玉漿，二老度籍，太一奉章，長生久視，壽命未央。帝答曰：幸哉，奉時月二月三復來。畢仍臥，長生不死，久則神仙。

太一者，胞胎之精，變化之主，魂魄生於胎神，召陽所欲立至。洩漏不遵科約，殃及七世，可不慎哉，可不慎哉。

服東嶽之符，則神文開出上清，雲輿迎子，逆知萬事。五嶽同法，先東嶽，以次服之，及十八謁符印文，具寫之紫素，元在置筒中，以正月奏之名山，常以奏畢置大石間，莫令人知也。子以黃土七升作泥，泥上竟，因祝之曰：

戴佩太微石景黃文，今謹寫一通，以還仙君，使我登虛，運元駕雲，仙靈侍衛，與真為群。畢。五嶽悉如此法，則名山石室神仙之文，為子露出，神芝奇草自然而見也。

子欲作金陽其印具燒文，子服印俱燒而吞之，忽然自與神通。服印之法，以墨書之，吞一印隨為程，以印封符，其相成，子服符，常先食服之，符入當寒熱視益明，須臾之間，當有白衣玉童，或是書生，服正立子前，勿驚也，須臾自消去矣。當存之三十日，子身自然輕舉，上士能騰入清虛，遊宴上清，中士能舉形百丈，下士十丈。

子服十八符，皆見白衣人也，是子誠篤，衛符玉童玉女見兆真形也。欲服符，先絕五薰、血食、房室，勿履污穢百日，乃幽居無人之室，勿與俗人喧嘩共處，則其道成也。

子服石景金陽符者，尤禁污慢惡行，當修身念道，齋靜精專為先。兆能修此道，可以升仙與天真相友，得與眾仙交通，則訶召神靈，降致金丹芝草也，坐致行廚、龍車羽蓋，靈童玉女、天下眾精，皆來走使，無問不知，無求不得。

天地別符可以辟兵萬里，天下賊人有謀之者，反受其殃，有舉五兵向之者，皆還自傷。亦精玉馬契靈文在身，飛步空境，遊行無礙，去來自在，眾邪不敢犯，群神所敬護，成規有象，訣在口中，師詳其人，隨宜啟授也。

玄都交帶洞真隱書石精玉契

太極真人後聖君受，太上隱書步天綱躡飛紀，付方諸青童君，君傳授王君，使授有志節之人，骨錄應得仙者。王君以晉永和十一年乙卯歲七月九日，於臨海赤王授許遠遊。

齋戒資金龍玉魚，登壇盟誓，分破券契，修之七年乘空入無，神化無方，隨心所欲，是行斯道。

右太上隱書飛步九星契，絹為地，朱書。

其號年太歲某某月朔日子某州郡縣鄉里男女道士姓名年如干歲

號右行如前。

右玄都交帶太微秘契。

某號年太歲某某月朔日男女道士州郡縣鄉里姓名以太上三景大洞真經授學者某州郡縣鄉里男女道士姓名以白繒絹四十尺不敢輒告要

號右行如前。

右太上隱書飛步服五星契，絹為地，朱書。

某號年太歲某某月朔日子係天師某治炁祭酒某州郡縣鄉里男女

號右行如前。

右大洞三景契。

珠員會暉，韜綠擬日，回霞煥明，赤童秉靈，玄炎散光，飆像鬱清。此日之勢也，神之成也。

真文十六字，金闕聖君彩服飛根上道，太元真人受之於太微天帝，一名金精石景水母之經，即是日中五帝隱字八素交帶真文，凡二百字。此是九天王相五方真神諱字，佩此文者，得受日中五帝字，封其字，佩之左肘，使人自然聰明聖智，曉解五方之事，遊行五嶽，封山召海，攝萬兵，制鬼神，天靈地祇，神童玉女侍子也，萬試不干，尋仙之道畢矣，不得傳於世。志節道士遭遇真師，受者登壇，誓以金龍玉魚不泄之盟，畢，師取金龍玉魚，以與受者，碧為地，黃書之。

附錄八　《金闕玉璽金真紀》〔註 1〕

度命飛仙符

卻死來生與神合德度世符

夫俗人好道，晚學初淺，未識道源由，且未離人間。人間甚多罪咎，犯之非一，既有反善之辭，有改誓聞於高上之聽。慎不可復使，犯惡逆違生之罪也。重犯十過，天地弗赦，身死為驗，不可復改補者也。太靈畢道，甚有微妙，至禁殺六畜眾生之物，不能自改心易行，無所益也。譬水火之交耳，得其益者，白日昇天，犯戒法，則身歿三泉。《靈寶管中經》曰：尤重於八節，趙伯玄所謂生死門戶者也。故《九素玉傳經》曰：秋判之日，尊卑盡會生死之日也。古人以秋分之日為秋判，所以爾者，秋分日乃會九天八地眾真人、神上皇至尊，三日三宿共定萬民之命，所聚者咸多而神尊並集也。諸八節日，會天地諸真官，先後及節。凡三日三宿，各還所司。道士末學，當依其日服仙生符、昇天符並除過符。符文口付，不欲筆傳，秘之勿泄，可不慎之。

右八，節日服，符正中北向，吞之。

右太一除過符，八節之日與仙符共服。先服仙符，次服此符也。勑符三叩鐘，祝曰：

天赫赫，地青青；太一符，秘長生。神童侍，煉身形；肌膚強，骨肉輕。

〔註 1〕道藏（1～36 冊）〔M〕，上海：上海書店出版社，1988：洞玄部（1 部）。

壽無極，見太平；謁真君，昇天庭。急急如律令。

《素靈玄洞經》曰：上皇大帝君玉尊陛下，乃上登清靈宅太虛之闕，丹城紫臺長綿玉樓君集於太微之觀。上開九天之門，請九天之真皇；中要太上三老君，北極諸真，及八海大神；下命五嶽名山諸得仙者。靈尊萬萬，並會於寥陽之殿，共集議天下萬民之罪福，記諸吉凶，學道勤懈疏，識犯過日月，修行善惡，刑罰之科、生死之狀，各隨其屬部境根源。條例副之司命，書於黃篇。罪福纖芥刻於丹誠之籍，伏匿之犯惡，陰德之細功者，無不一二縷別而知之者。其夙夜半，出中庭，北向，脫巾再拜，長跪，上啟太上北極天尊，求赦萬過，並服除過符也。任意自陳乞，服符畢，便願曰：太上皇帝削其死籍，移書三官，使著神仙之錄。某謁玉札，長生久視，通真達靈。畢又叩頭四下，再拜而還靖室。深自剋責，並存念三元中神。今上啟太上。如此者三，名上仙籍，罪咎除滅也。三元，泥丸、絳宮、丹田，三神也。存念三元三神。上啟天尊，乞求恩赦；助己自陳，令必上聞者也。秋分三啟，生籍乃定，死名乃除。又《洞達命青中經》曰：夫好道精思，常務在宿夜，存念天地，並愛育萬物。當令行不敢傷神，言不敢傷物，天地者亦盡我身也。師靖亦我身中，是故聖人包內知外。夫欲思改更，未必中庭並入靖也。觀之所由，察之所行，此之謂也。北辰亦我身形，但當獨處所住屋室，靜思按法燒香，所念乃吉。心中眾欲濁氣不除，徒宿靖廬，亦無所益。

昔有裴君止於空山之上，修行精思。一年之中，彷彿形象；二年之中，五帝乘日，形見在君左右；三年之中，終日而言笑樂；五年之中，五帝日君，遂與裴君，驂乘飛龍之車，東到日窟之天東，蒙長丘扶桑之宮，八極之城，登明真之臺，坐希林之殿，授揮神之章、九有之符，食青精日飴，飲雲碧玄腴，於是與五帝日君，日日而遊，此所謂奔日之道也。所以吸取日精，五帝從日而前不可不修此一法。《要道隱書中篇》曰：子欲為真，當存日君，駕龍驂鳳，乘天景雲，東遊希林，遂入帝門。精思乃得要道，不煩名上青，靈列位真官。

為真之法，宿宿視月，臨目、閉氣、九息，因又咽月光九過，當存月光，使入口中，即而吞之。畢仍存青帝夫人，從月光中來；在我之左次，存赤帝夫人；在我之右次，存白帝夫人；在我之背次，存黑帝夫人；在我之左手上次，存黃帝夫人；在我右手上，五帝夫人；都來乃又存流鈴雲車，駕十龍從月光中來到我之前，存五夫人共載為奔月也。子欲昇天，存月大人，駕乘飛龍，乘我流鈴，西到六嶺，遂入帝堂，精思乃見上朝天皇。白日精思對日，思日中五帝君；夜則精思對月，思存月中五夫人。若能精誠，日月並俱。若始學，則五靈形見，授書賜芝，威制群神，役使玉女、玉童，位此四真，故受太一素秘金券，正應向北面四拜，拜四真，東、西、南、北應位也。

受書真人，假神虎之符，以制嚴六天流注邪精，流金之鈴，以命召眾真，杖青毛之節，以周流九宮，皆以精思微妙，幽感天心，是以靈降扶身，上升帝庭耳。道士行者，若處密室，日月有陰不見時，但心中存而思之，不可待見日月也。以彼精思心盡，無所不通，先存五星在體上，有日月也。

右龍秘虎符，道士入山佩之，行來他方亦佩。非太一道士不得妄佩也。

原缺

右生靈一九有，符，七月七日服之。若佩之，不食六畜，食六畜不可服也。此九真道士裴處和，在幽，石山中，九靈君三更授之。欲得長生，日服甲符，久自升玄知道。

原缺

右延年除百病符，日吞一道。

原缺

右達現符，修身一日服也道。

原缺

右欲得長生，日服一符，久久自升玄知道，見形逆知方來。

原缺

上清太一金